Die Kneg van Verbeeck Boerdery

Engela De Bruyn

Malherbe Uitgewers Publikasie

Outeur: Engela De Bruyn
Voorbladontwerp:

Geset in Franklin Gothic Book 12pt

1

Tersia Vermeulen hou teen die hoogte stil en bekyk die vallei onder haar, en vir die eerste keer wonder sy of haar toekoms so rooskleurig sal wees as wat sy aanvanklik gedink het.

"My kind," herroep sy die gesprek met haar moeder. "Hierdie wilde perd wat jy nou wil ry, gaan jou afgooi. Jy gaan nie hiermee wegkom nie. Jy moet eerder nou al kop uittrek."

Juis dit, juis die woorde 'jy moet kop uittrek' het haar meer vasbeslote gemaak. Sy het haar voetjie hard op die grond gestamp en met meer oortuiging geantwoord. "Ek gaan die voorman word en met stoetperde boer. Dis nou maar seker. Ek wil met perde werk en hierdie is die beste geleentheid moontlik. Niks gaan my ontneem van die geleentheid nie. Mams moet maar net onthou dat wanneer jy bel, jy vir Tertius vra en nie vir Tersia nie. Mams moenie die glips maak nie."

Nou sit sy hier teen die koppie en kyk af op die mooiste vallei wat sy nog ooit gesien het. Iewers daar onder lê die plaas van Kobus Verbeeck, die eienaar van die Verbeeck Perdestoetery Die mees gesogte stoetery in die land.

Sy kyk vinnig weer na die padaanwysings wat Kobus baie bruusk aan haar verduidelik het, asof hy nie kon glo dat daar iemand in die land is wat nie van die stoetery weet nie. Natuurlik weet sy van die stoetery, natuurlik het sy al drome gedroom rondom dié plek en die bruuske eienaar... Oral is dit bekend dat hy geen goeie woord vir vroue het nie, en hulle bloot as geldjagters beskou, wat slegs 'n man soek by wie hulle volkome finansiële vryheid sal hê.

"Ek gaan hom wys dat 'n vrou ook 'n volbloed boer kan wees, ook volbloed perde kan teel, afrig en ry. Ek sal hom wys!"

Weer stamp sy haar voetjie in die beperkte spasie in haar motor. 'n Baie ou gewoonte as sy haar wil laat geld. As jy haar goed genoeg ken, sou jy weet dat dit haar vasbeslotenheid die beste vertoon. Sou jy weet dat wanneer sy 'n besluit geneem het, sy nooit weer terugdraai nie. Nooit weer nie. Dit is juis hierdie eienskap wat haar moeder so erg bekommerd gemaak het toe sy van haar besluit bewus geword het.

"Ag, my kind, dis darem nie die werk vir so 'n mooi, jong dame nie. Jy is 'n gekwalifiseerde veearts. Jy het nie nodig om vir 'n plaasboer te gaan werk soos 'n gewone arbeider nie. Maak vir jou 'n praktyk oop. Jy kan baie beter doen. Maar 'n plaasarbeider? Nee, my kind, dit strook nie met my toekomsdrome vir jou nie."

"Mammie, so kan ek waardevolle ondervinding opdoen, moenie my nou probeer teëgaan nie. Ek wil dit graag doen vir so vyf jaar of so en dan sal ek 'n praktyk oopmaak. Ek belowe."

"Nee, my kind, soos ek jou ken sal jy nooit die praktyk oopmaak nie en 'n plaasarbeider bly. Met jou geleerdheid en agtergrond begrawe jy jou talente. Asseblief, oorweeg dit dan ten minste net."

Koppig van geaardheid het sy haar moeder net met 'n glimlag aangekyk en halfhartig belowe, welwetende dat hierdie manie om te boer in haar bloed en in haar grein is, en sy nie daarvan kan of wil afsien nie.

Sy skrik uit haar drome wakker toe 'n motor skielik agter haar toet. Die persoon ry verby en hou voor haar motor stil. Haar gesig verstyf toe sy sien dat dit 'n bekende is. 'n Duisend gedagtes skiet deur haar brein.

"My goeiste, Tersia, wat sit jy hier so en verkyk jou aan die vallei?" groet Johan Beneke joviaal. "Waarheen is jy op pad, of het jy teëspoed met jou motor?" Sy oë dwaal outomaties af om te sien of sy moontlik 'n pap wiel het.

"Nee, Johan, ek het nie enige probleme nie, ek bewonder die vallei, want sien, ek kom hier werk by ene Kobus Verbeeck."

"Magtig, Tersia, jy is nie ernstig nie. Dis 'n befoeterde boer daardie. Wat gaan jy maak as hy jou aanrand? Hy is bekend daarvoor dat hy sy werksmense hardhandig behandel. Nee, Tersia, draai nou om en gaan huis toe. Gaan werk vir enigiemand anders, maar nie vir Kobus Verbeeck nie," reageer hy redelik onthuts.

"Wat maak jy hier?" vra sy en stuur sodoende die gesprek doelbewus in 'n ander rigting.

"Ek kuier mos by Anita Blom en hulle plaas is sowat vyftien kilometer van Verbeeck s'n. Asseblief, Tersia, moenie hierdie mal perd opklim nie. Hy is dit nie werd nie."

"Johan, ek waardeer jou besorgdheid, maar ek het nou eenmaal besluit om die Verbeeck stoetery te kom behartig en dis presies wat ek gaan doen. Doen my asseblief net die guns. Moenie my verraai nie. As jy my raakloop, maak of jy my nie ken nie. Ek is Tertius en dis dit. Onthou dit."

"Nou goed, as dit is wat jy verlang, maar ek is nie gelukkig dat jy vir daardie bullebak gaan werk nie. Die kanse dat ons mekaar sal raakloop, is maar skraal, want ek kom nie juis daar nie. Ek en hy sit nie langs dieselfde vuur nie. Ons belangstellings is ook verskillend. Ek het nie aanklank by perde nie. Wilde diere is my passie, soos jy weet, en hier is nie veel van hulle nie."

"Hoe ernstig is jou verhouding met hierdie Anita-meisie, Johan?"

"Taamlik, ons kan dalk een van die dae besluit om te trou. Ek het mos vir my nes gaan skop op 'n wildsplaas. Ek is baie gelukkig daar. Weet hierdie vent ooit hoeveel grade jy agter jou naam kan skrywe?"

"Nee, maar hou dit maar eers vir jouself. Moet dit nie eers aan jou nooi bekend maak nie, sy mag dalk in 'n onbewaakte oomblik iets sê en dit wil ek nie hê nie. Ek wil die boer self wys dat ek net soveel soos hy, indien nie méér nie, weet van sy boerderytjie."

"Gits, Ters, dis nie 'n boerderytjie nie, dis 'n reuse boerdery. Hy het seker 'n duisend perde, as dit nie meer is nie. Sy perdeboerdery lyk soos oom Josef se skaap-boerdery. Ek dink jy het meer afgehap as wat jy sal kan kou."

"Toemaar, Johan, ek sal dit kan hanteer. Gaan nou, voor iemand jou hier by my gewaar. Ek wil so onbekend moontlik hier in die vallei arriveer en bly."

"Goed, nooientjie, voorspoed met die toekoms. Miskien vind ek 'n verskoning en kom loer eendag in. Maar ek belowe ek sal jou nie verraai nie. Sien jou, totsiens." Met 'n wuif van die hand is hy weg.

Nog sit Tersia en staar voor haar uit.

Sy is gelukkig dat haar liggaamsbou nie haar vroulikheid sommer sal verraai nie. Sy het besonder klein borste en die heupe is nogal breed, daarby is sy donker van vel en kan sy kwalifiseer as 'n seun. 'n Man! Nou ja, as 'n man seker ook. Haar haardos het sy borselkop geskeer en dit verdoesel enige vroulikheid nog verder. Haar tas is vol mansklere.

Al haar sertifikate en toekennings en haar graad is netjies by die huis in haar kamer verpak. Sy het slegs 'n sertifikaat waarop haar voorletter en van verskyn, en wat toon dat sy 'n kursus in perdeboerdery geloop het, saamgebring.

5

Natuurlik het sy ook 'n noodhulptas byderhand, sou dit nodig wees om noodhulp op 'n perd toe te pas. Maar dié gaan sy deeglik toegesluit hou. Net in 'n uiterste noodgeval sal dit te voorskyn kom. Hierdie boer moet maar sy eie noodhulptas gebruik.

Sy stamp weer haar voetjie. "Hierdie Kobus gaan uitvind hy kan my nie rondstoot nie. Ek is nie hier om as sy mindere behandel te word nie, maar ek sal hom wys dat ek selfs meer weet as hy. Op my tyd sal ek hom uit my hand laat eet, as die beste voorman wat hy nog ooit gehad het. Ek sal hom die top perdeboer in die land maak. Dis vir seker." Sy vergeet momenteel dat hy reeds een van die top boere in die land is.

Sy stamp weer met die voetjie voordat sy die motor aanskakel en stadig vorentoe beweeg.

'n Yslike Land Rover kom vinnig om die draai en ry haar amper uit die pad uit.

"Jou vark!" skree sy die onbekende jaagduiwel agterna en sukkel om haar motor in die pad te hou.

Van hier af is dit sowat sewe kilometer, het die ou beduie. So, sy kan dit maar stadig vat. Sy het mos gesê sy sal teen vieruur daar wees en sy wil nie te vroeg daar aankom nie.

Tydsaam ry sy teen die hoogte af en kyk met bewondering na die aangrensende plase. Die huise steek so hier en daar uit ... daar is 'n groen dak; 'n rooie en ook 'n swart een. In die verte steek 'n grasdak uit. *Dit wil voorkom of die boere hierlangs nogal vooruitstrewend is*, dink sy.

Sy klap haar tong toe 'n hek skielik voor haar verskyn net toe sy om die draai ry. Dan besef sy dat dit haar bestemming is.

Stadig draai sy by die imposante hek in. 'n Reuse bord met die afbeelding van 'n perd daarop. *'Verbeeck Perdestoetery'* pryk in groot swart letters daarop. Talmend ry sy by die groot hek in en beweeg teen 'n slakkepas op na die werf, waar twee groot bulhonde haar blaffend inwag. Sy stop onder 'n ou groot peperboom en verkyk haar 'n oomblik aan die uitsig.

"Jy kan maar uitklim," praat 'n reus van 'n man terwyl hy haar motordeur oopmaak, duidelik ongeduldig. "Jy is seker die nuwe voorman, Tertius. Ek is Kobus Verbeeck, aangename kennis. Jy is vyf minute laat. Jy het gesê jy sal vieruur hier wees en dis nou vyf oor vier. Hier hou ons van stiptelikheid," grom hy. Hy het sy hand teruggetrek toe sy nuwe voorman nie vinnig genoeg reageer en sy hand skud nie.

Sy is nog besig om uit te klim, toe die honde ook vrypostig kom kennismaak.

"Dis Bliksem en hierdie een is Wagter, want hy wag altyd dat Bliksem eers klaar eet voor hy sý kos eet," stel Kobus die twee honde voor.

Sy groet elkeen plegtig met 'n skud van die regtervoorpoot en die honde het dadelik besluit dat hulle van haar hou. Hulle vroetel vrypostig hulle neuse in haar ribbes en sy voel dat dit nogal 'n harde kennismaking is. Nietemin waardeer sy die

7

vriendelikheid wat die honde haar bied in teenstelling met hul baas wat haar nou blykbaar totaal ignoreer.

Sy steek haar hand uit om hom te groet, maar hy is reeds besig om haar bagasie uit die motor te neem en aan te stap na die stoep waar 'n vriendelike, middeljarige dame haar met 'n glimlag inwag.

"Middag, Tertius, jy is seker moeg en warm van die lang rit. Kom gerus binne, laat ek vir jou 'n koeldrank skink. Kobus het seker al klaar jou bagasie na jou kamer geneem. Jy sal in daardie buitekamer tuisgaan, hier links van die huis. Die buitedeur loop direk op die stoep uit. Welkom by ons en ons hoop dat jy gelukkig gaan wees hier. Jy lyk vir my nog maar bitter jonk. Noem my gerus sommer tant Nellie, kindjie," las die goedige ou tannie by.

"Middag, Tante, baie dankie. Ek hoop ons sal lekker saam werk. As Tante se kos so lekker soos my ma s'n is, kan ek sien dat ek baie by Tante in die kombuis sal kuier," antwoord sy ewe gemoedelik.

"Daar's nie tyd om by my ma in die kombuis te kuier nie, hier is werk om te doen. Ek laat nie die werksmense toe om té familiêr te word met ons nie," reageer Kobus kortaf toe hy die laaste gedeelte van die gesprek hoor. "As jy gereed is, kan jy kom dat ek jou aan die perde gaan voorstel," voeg hy onvriendelik by.

"A nee a, Boetie, waar is jou maniere? Tertius kan maar eers 'n bietjie koeldrank drink en sy tas gaan uitpak. Dis tog Sondag vandag en hy kan maar môre die perde ontmoet."

"Toemaar, Tante, ek is ook nuuskierig om die perde te sien," red sy die situasie toe sy die grimmigheid op die plaaseienaar se gesig sien. "Waar parkeer ek my motor? Ek sou dit graag onderdak wou laat," vra sy effens huiwerig.

"Het jy gekom om oor jou motor se parkering te redekawel, of het jy gekom om met die perde te werk? Dit wil al vir my lyk of ek die verkeerde perd opgesaal het toe ek jou aangestel het. Stiptelikheid en jou besorgdheid oor jou werk, is baie sekerlik nie prioriteite vir jou nie." Hy stap vooruit met ekstra lang treë.

Jou buffel, dink sy grimmig, *jy sal nog jou woorde sluk.* Onwillekeurig rek sy haar treë, met moeite hou sy by die bullebak se pas.

"Dis nou Bismarck die spoghings in die land, en dis Lady en Beauty, die twee topmerries. Hulle is nou met hom opgepaar sodat hy hulle kan dek. Jy moenie met Bismarck sonde soek nie, hy is baie beneuk, en ek wil nie verantwoordelik voel as hy jou met sy voorpote bydam nie." Daar is duidelik onverbloemde trots in sy stem.

Sy beskou die perde met 'n kritiese oog en merk dadelik dat Bismarck nie werklik so indrukwekkend is as wat die baas van die plaas wil voorgee nie. Sy neusgate is heeltemal te nou, al blaas hy nou soos 'n gans wat 'n slang gesien het by die aanskoue van die vreemdeling by die heining. Voorts merk sy ook op dat die hings se spiere nie so eweredig op sy flanke bult nie. Hy kap met sy linkerpoot, wat sy ook as 'n

9

afwyking beskou, die meer-opregte hings sal met sy regterpoot kap. Maar hierdie gewaarwordinge hou sy eers vir haarself.

Ek sal hierdie man terugkap wanneer hy dit die minste verwag, besluit sy eensklaps. Sy beskou die merries met 'n kennersoog en moet toegee dat hulle van top gehalte is.

"Ja, dit lyk nogal indrukwekkend," antwoord sy half skugter.

"Wat bedoel jy 'nogal' indrukwekkend?" vra hy kortaf. "Dis die beste stoet in die land. Jy sal nie 'n vinger op een van my perde kan lê nie. Hulle is indrukwekkend en nie 'nogal indrukwekkend' nie." Hy klap met sy hand op die heining.

Dadelik proes die hings en staan op sy agterpote en kap-kap met sy voorpote in die lug. Die linkerbeen voor die ander een.

Sy konsentreer 'n oomblik op sy regterbeen om te sien of daar iets verkeerd is, maar kan nie dadelik iets opmerk nie.

"Jy sê maar min, of kry jy koue voete? Jy moet maar vinnig praat as jy nie kans sien om hierdie werk te doen nie."

Sy glimlag effe, want dit klink amper asof hy verlig sal wees as sy nou kop uittrek. Sy antwoord ewe gelykweg. "Nee, ek sien kans om hier te werk. Werk skrik my nie af nie, en 'n ongemanierde perd ook nie. Dankie, Meneer."

"Wat bedoel jy 'ongemanierd'?"

"Wel, Bismarck het nie veel grasie in hom nie en is net bloot onbeskof, hy sal so bietjie maniere geleer moet word. Wanneer 'n nuwe arbeider sy gesig wys, moet hy darem nuuskierigheid toon en kom kennismaak," antwoord sy met neergeslane oë sodat hy nie die spot daarin moet sien nie.

"Gmf," is al antwoord wat sy terugkry, en sy weet dat sy hierdie rondte gewen het.

"Nou kom, dat ek jou na die ander perde toe neem. Dan kyk ons of hulle belang sal stel in die nuwe arbeider." Hy sê dit met meer verwaandheid as wat werklik nodig is, en sy neem die steek sonder om kommentaar te lewer.

Koppe gaan ons twee stamp, dis nou maar seker, dink sy terwyl se verder agter hom aanstap. *My humeur gaan nie vir altyd hou nie. Sulke blatante onbeskoftheid is nou werklik nie nodig nie.*

"Waar is jou gedagtes? Ek praat en jy hoor niks nie, ek hou nie daarvan om myself te herhaal nie, as jy nie belangstel nie, moet jy so sê."

"Jammer, Meneer." Die grimmigheid groei stadig in haar binneste. Sy het so pas vyfhonderd kilometer agter die blad en hierdie bullebak dink nie dat sy moeg kan wees na die lang rit nie. Dit is net sy kosbare plaas en sy outoriteit wat van belang is. Sy praat egter nie, maar volg hom gedwee van kamp tot kamp totdat dit voel of haar bene nie meer kan loop nie. *Ek sal hom nie wys dat ek moeg is nie,* besluit sy koppig.

"Nou ja, dis die eerste klompie van die perde, die ander is in ander kampe en ons sal hulle môre gaan bekyk. Ek het jong stoethingste wat ek eersdaags vendusie toe wil vat en ook jong merries wat nie na my sin is nie. Dan is daar ook 'n paar ryperde wat ek van die hand wil sit. Kan jy ooit 'n perd inbreek, jou armpies lyk vir my maar bra aan die dun kant?"

"'n Mens het nie altyd brute krag nodig om iets gedoen te kry nie," antwoord sy ontwykend.

"Nou kom ons gaan huis toe, dan kan jy die koeldrank kry wat my ma beloof het," sê hy effens vriendeliker.

"Ai, kindjie, jy is seker moeg. Kom jy nou van Pretoria af? Dis mos ver, jong," gesels die gemoedelike, ou vroutjie en Tersia kry sommer lus om haar arms om haar te slaan.

"Nie te ver nie, tant Nellie, dis net sowat vyfhonderd kilometer en ek is vanoggend al daar weg. Maar ek voel heeltemal goed."

"Voel goed se voet," sê die tante verontwaardig. "Drink jou koeldrank en dan gaan stort jy. Ek sal vir jou koffie en beskuit bring en dan kan jy 'n rukkie rus. 'n Mens is nie 'n klip wat net kan aangaan en aangaan nie."

"Baie dankie, Tante, maar ek sal die koffie hier kom drink. Ek sal baie graag wil stort en my tas uitpak, daarna sal ek weer hier na die stoep toe kom."

Die honde draai om haar terwyl sy wegstap, en sy vryf elkeen oor die kop. Hulle raak skoon baldadig en blaf uitbundig.

"Dis nou 'n oulike kêreltjie wat jy nou gekry het, Boetie, ek hou sommer baie van hom. Die honde hou ook van hom. Ek glo hy sal 'n aanwins wees vir die plaas."

"Dit sal die tyd maar leer, Ma. Hy het nie vir my baie belangstelling getoon in die perde nie. Niks gesê en niks gevra nie, ek wonder of hy werklik die kennis het wat ek hier wil hê," reageer Kobus in 'n kalmer stemtoon. Hy is baie lief vir sy ma en hy behandel haar altyd met die grootste respek.

"Toemaar, Boetie, gee hom eers kans om die perde te leer ken, en behoorlik kennis te maak met Bismarck. Ek hoop net dat hy bedagsaam sal wees met daardie wilde perd en versigtigheid voor oë sal hou. Jy moet regtig van daai perd ontslae raak, hy gaan nog iemand se dood veroorsaak. En dit wil ek nie graag op my gewete hê nie. Jy moet Tertius waarsku, moenie dat dieselfde met hom gebeur as met Tonie nie."

"As die vent perde ken, soos hy beweer, sal hy kan sien wanneer 'n perd met ontsag behandel moet word. Dit moenie vir my nodig wees om vir hom te preek nie," sê hy strenger as wat hy wou.

Vir 'n oomblik twyfel hy of dit wys was om slegs 'n telefoniese onderhoud met Tertius te voer. Moes hy nie eerder daarop aangedring het dat die knaap eers hierheen kom sodat hy 'n beter indruk van hom kon kry voor hy die pos vir hom aangebied het nie? Veral omdat Tertius op 'n hoër salaris aangedring het as wat hy aanvanklik aangebied het.

"Nietemin, Boetie, jy moet die outjie maar waarsku. Hy is jonk en netnou sien hy nie die gevaar so duidelik soos ons nie."

"Goed, Ma, maar moet asseblief nie hierdie vent bederf nie. Dit wil al vir my klink of ma oor hom wil kloek. Ek sal dit nie toelaat nie. As ma dit doen, skop ek hom uit om in die rondawel by die stal te gaan bly. Verstaan ons mekaar?" betig hy sy ma kamma-streng.

"Nee wat, Boetie, nou is jy onnodig hardekwas. Ek sal hom nie bederf nie, maar dit lyk vir my of hy goed groot gemaak is, met mooi maniere en so aan. 'n Mens kry dit maar selde deesdae," skram sy.

Tersia verskyn op die stoeptrappie en glimlag breed vir tant Nellie.

"Nou toe, kindjie, het jy al klaar gestort en uitgepak? So gou?" vra sy met 'n breë glimlag.

"Ja, dankie, Tante, ek voel nou sommer 'n ander mens. Ek is nou gereed vir daardie koppie boeretroos wat tante belowe het. En dan wil ek graag 'n perd opsaal en die plaas gaan bekyk."

"O nee, my kind, tog nie vandag nie. Daar is genoeg tyd môre en elke ander môre om dit te doen. Nou moet jy net ontspan. Dis nou sononder, en as jy die plaas nie ken nie, sal jy verdwaal op pad terug.

Nee, jy gaan g'n nou perdry nie." Die tante klink baie beslis.

"My ma is reg, dis malligheid om nou te wil gaan perdry om die plaas te bekyk. Jy gaan nie ver kom nie, dan sak die son. Ons kan môreoggend die plaas plat ry. Sorg dat jy so teen seweuur gereed is. Is jy 'n goeie ruiter, of moet ek maar 'n dooierige perd vir jou laat opsaal?"

Hy kan amper vriendelik klink, dink sy. *'n Dooierige perd, gmf.* Sy kan nie help om 'n grimmige trek om die mond te kry nie.

Tant Nellie gewaar dit, maar besluit wyslik om te swyg. Haar opinie van die jongman styg sommer met 'n graad of twee. Dit is duidelik in sy gesigsuitdrukking dat hy nie tevrede sal wees met 'n dooierige perd nie ... maar soos sy haar seun ken, gaan hy waarskynlik die befoeterdste perd laat opsaal. Sy besluit om die jongman fyn dop te hou ten einde meer van hom te wete te kom. Sy kan nie verstaan waarom dit vir haar voel of die gesiggie beter by 'n dame sou pas nie. Die wyse waarop die jongman gaan sit, is vir haar nog 'n raaisel. Mooi netjies, bene bymekaar, sonder om eers die broekspype effens op te trek. Maar hierdie suspisieuse gedagtes gaan sy definitief vir haarself hou. Niks daarvan mag deurskemer by haar seun wat tog soms so hard kan wees nie.

Sy hardheid het sommer so oornag in hom kom nestel. Hy was nie altyd so nie. Miskien was dit Erika, of dalk Janet, maar sy kan nie haar vinger daarop lê nie. Daar was mos nie 'n spesiale verhouding tussen hulle nie, en tog het sy al agtergekom dat daar 'n stywe trek op sy gesig kom as een van hulle name ter sprake kom.

Nou ja, elkeen het maar sy geheime, haar seun ook. Sy sou net graag wou hê dat hy weer homself word. Hy is baie hardwerkend en baie nougeset sover dit sy boerdery betref. Niemand mag lyf wegsteek nie. Alles moet tot die letter uitgevoer word. Vandag is hy baie vooruitstrewend en sy kan dit net toeskryf aan sy toegewydheid; sy durf en vernuf; en natuurlik die ysterhand waarmee hy alles regeer en hanteer.

Tog kan hy ook baie tegemoetkomend wees teenoor sy werksmense. Niemand kan kla dat hy hulle nie goed behandel nie, al loop daar vals stories rond dat hy hulle karnuffel. Hy is 'n streng baas, dis al. Tog kan hy 'n klein hartjie hê as dit nodig blyk te wees. Kyk maar nou die dag, met die kleintjie van Adoons, hy het hom sommer self met die motor dokter toe geneem en daar gewag totdat die kleintjie beterskap getoon het. Ja, hy het 'n hart van goud, hy moet net nie verkeerd opgevryf word nie.

"Ma, ek het nou al twee keer met ma gepraat en jy hoor of sien niks nie. Waar is jou gedagtes, hê, my ou ma?" vra hy gemoedelik.

"Ag, my kind, ek het sommer aan Adoons se kleintjie gedink. Die ou bloedjie was darem baie siek, ek het hom juis vanmiddag saam met sy ma gesien rondhardloop daar by hulle huisie."

"Ja, maar dit was darem ook al 'n paar maande gelede, onthou. 'n Mens bly nie altyd siek nie, maar ek is bly hy is nou mooi gesond. Hy raak 'n stewige knapie as ek hom so kyk. En as hy so lief vir die perde is soos sy pa, sal ek eendag met nog 'n uithaler staljonge kan spog."

Hy draai sy gesig na Tertius. "Ou Adoons is absoluut onvervangbaar. Jy sal hom tot groot hulp vind."

Sy knik haar kop. "Kan nie wag om hom te ontmoet nie." 'n Glimlag pluk aan haar mondhoeke. Sy het netnou die tante se gesigsuitdrukking fyn bestudeer en tot die besef gekom dat sy 'n bondgenoot in die ouer vrou gevind het. Wanneer Kobus hardekwas raak, sal sy kan troos put uit die gedagte dat die tante aan haar kant is.

"Leef jou ouers nog, kindjie?" vra tant Nellie, en sien dadelik die grimmige uitdrukking in Kobus se oë toe sy die woord 'kindjie' gebruik. Alles en almal is altyd 'kindjie' by haar.

Kobus verfoei die verkleinwoord en wil haar eers iets toewerp, maar besluit daarteen.

Tersia merk die verandering in die atmosfeer op, maar het geen idee wat dit is wat hom nou omgekrap het nie. "Ja, Tante, my ouers leef nog. Hulle is albei in die onderwys en nog springlewendig." Sy noem egter nie dat hulle dosente aan die universiteit is nie. Nee, onderwys is goed genoeg vir 'n plaasarbeider se ouers.

"En ander familie?" vra sy goedig.

"Hemel, Ma, 'n mens vra nie 'n man so uit na sy familie nie, dis net vroumense wat nostalgies raak oor sulke goed," werp Kobus sy mening met 'n snorkgeluid tussenin.

Tersia kyk vlugtig na hom, dan weer terug na sy ma. Sy antwoord sedig. "Ek het twee broers en 'n suster. Hulle is ook almal in die onderwys. My een broer wou graag tot die mynwese toegetree het, maar het later besluit onderwys is meer standvastig, tot my pa se grootste blydskap."

Sy blik of bloos nie oor die leuens nie, en wonder wat haar ma sou sê as sy haar nou moes hoor... Arme Moeksie sou sekerlik 'n beroerte kry. Nie soseer oor die verlaagde status nie, maar oor die blatante leuen. Sy het haar kinders geleer dat 'n leuen altyd nog 'n leuen baar, en netnou is jy so verstrengel dat jy nie meer daar uit kan kom nie.

In werklikheid is haar een broer 'n advokaat en die ander 'n mediese dokter. Haar sus is 'n gesogte model, wat haar geld by 'n modehuis in Frankryk verdien. Maar vir die huidige situasie is onderwys veilig genoeg. *En ek is 'n plaasarbeider,* glimlag sy by haarself.

"'n Rand vir jou gedagtes, Tertius," glimlag tant Nellie goedig.

"Ag, Tante, dis sommer niks," antwoord sy ontwykend.

By die besef dat die jongman nie verder gaan uitwei nie, maak tant Nellie verskoning om na die ete te gaan omsien. Diep ingedagte stap sy kombuis toe en wonder weereens hoekom sy die idee kry dat die mannetjie iets wegsteek.

Tersia maak verskoning en stap na haar motor om dit onder die afdak te gaan parkeer.

Kobus se stem bulder skielik agter haar. "Daar is 'n motorhuis net langs die afdak waar jy jou motor kan stoor. Hier is die sleutel daarvoor."

Hy trek sy asem diep in en blaas dit stadig uit, praat dan voort in 'n gemoedeliker stemtoon. "Miskien moet ons net jou kontrak finaliseer sodat jy kan weet wat jou pligte is. Ek kry jou oor tien minute in my kantoor, dit loop ook uit op die stoep, net in die teenoorgestelde rigting as jou kwartiere."

"Dankie, ek maak so," antwoord sy.

2

Tien minute later staan sy voor die toe deur en klop liggies, maar daar is geen antwoord nie. Sy wag nog 'n paar tellings en klop weer.

Skielik praat hy agter haar. "Ek is bly jy gee gehoor aan my oproep tot stiptelikheid." Sy stem is sonder enige emosie. Hy stap by haar verby en maak die deur oop.

Sy voel lus vir 'n stekie na sy kant toe, maar besluit daarteen.

Net toe kom sy ma uit op die stoep. "Geen gekantoor-pratery nou nie. Daardie gesprek kan môreoggend gevoer word. Dis Sondag en die kos is gereed. Kom eet, julle."

"Goed, kom ons gaan eet, my ma hou nie daarvan dat haar kos koud word nie." Hy draai in sy spore om.

Stilswyend stap hulle tot in die eetkamer waar die tafel keurig gedek is. Die bakke staan stomend onder hul inhoud, en die hele vertrek is gevul met die aroma van kos.

Haar sitplek word aangewys aan sy linkerkant. Hy sit aan die kop van die tafel en sy ma aan sy regterhand. Woordeloos steek hy sy hand na haar uit om die seën te vra. 'n Eerbiedige stilte daal oor die groepie neer alvorens die geluid van skottelgoed die vertrek vul.

Kobus skink 'n rooi cabernet en bied haar en sy ma elk 'n glasie aan.

"Dankie," sê Tersia. Haar maag grom behoorlik en sy skep 'n ordentlike porsie van alles in. Sy smul aan die keurig voorbereide kos, sonder om aan die gesprek deel te neem.

Ná die nagereg verorber is, bied Tersia aan om te help met die opwas van die skottelgoed, maar Kobus knip dit kort. "Nee, dis nie jou ..."

Sy ma val hom in die rede. "Ons huishulp, Sofie, sal die kombuis opruim en die skottelgoed was, dankie, Tertius."

Tersia verklaar onmiddellik dat sy moeg is en verkies om nou kamer toe te gaan, want môre is haar vuurdoop en sy wil graag uitgerus wees vir die groot dag. Sy wens albei 'n goeie nag toe en verlaat die huis.

"My kind, dit lyk nou regtig na 'n ordentlike jongman," gee sy ma weer haar mening.

"Ma moenie behep raak met sy mooi maniertjies nie, almal sit maar hulle beste voetjie voor as hulle nog vreemd is. Ons sal in die weke wat kom eers kan sien of hy sy sout werd is, asook die groot salaris wat ek hom moet betaal... Hy sal moet uithaal en wys. Ek is nie bereid om so baie geld te betaal vir 'n leeglêer nie."

Tersia is tot die dood toe moeg en val sommer met klere en al op die bed neer. Binne enkele sekondes is sy in droomland, baie ver van die perdeboer en sy plaas af.

Sy skrik ure later wakker en is skoon styf van die koue. Sy spring weer vinnig onder die stort om warm te word, verklee in haar nagklere en kruip onder die komberse in. Sy stel haar wekkertjie vir sesuur en is oomblikke later weer in droomland. Hierdie keer spartel sy met Bismarck om hom te leer om met sy regterpoot in die lug te kap.

Sy skrik wakker met die geskril van die klein wekkertjie en vir 'n oomblik wonder sy waar sy is. Dan onthou sy van die onvriendelike boer en sy perdetelery. Sy maak haar bed vinnig op en binne enkele minute is sy aangetrek en gereed vir alles wat die dag mag oplewer.

Toe sy buite kom, is die werf nog stil, behalwe vir die twee boele wat nie hul vriendelikheid kan beteuel nie. Dit is duidelik dat hulle voor haar kamerdeur geslaap het.

Kobus betrag haar 'n wyle terwyl sy met die honde stoei en teen sy sin voel hy 'n tevrede gevoel langs sy ruggraat afseil. Hy moet homself regruk om nie ook nostalgies te raak met die honde se spelery nie. Dit is die eerste keer dat sy honde 'n vreemdeling so maklik aanvaar.

"Môre, goed geslaap?" groet hy stug.

"Môre, Kobus. Ja, dankie."

Die stroefheid verlaat sy stem terwyl hy voortpraat. "Kom drink koffie sodat ons met die dagtaak kan begin. Maar vir eers moet ons in die kantoor vergader om ons sake afgehandel te kry."

Tant Nellie is reeds in die kombuis besig. "Goeiemôre, Tertius, het jy darem goed geslaap?" 'n Stomende koppie boeretroos word terselfdertyd aan haar oorhandig.

"Goeiemôre, Tannie, ek het lekker geslaap, dankie." Sy staan sommer en sluk die warm koffie verbasend vinnig af en stap dan na Kobus se kantoor vir die onvermydelike geselsie.

"Moenie te ver gaan nie hoor, ontbyt sal binne tien minute gereed wees!" roep die tante agterna.

Kobus lyk kwaai. "Jy het 'n verbasende hoë salaris aangevra, wat ek aanvaar het, maar jy sal moet uithaal en wys. Nie een van my ander werkers word soveel betaal nie, en ek hou nie daarvan om geld te verspil nie. Jy sal dus moet wys wat in jou steek."

"Wys my maar wat my pligte is en wat jy van my verwag en ek sal dit lewer. Ek hou ook nie daarvan om iemand in te doen nie, en as ek nie gedink het ek is die salaris werd nie, sou ek nie daarvoor gevra het nie. Ek kan lewer wat jy van my vra, mits dit binne perke is. Elke mens kan ook maar net soveel doen en nie meer nie. Maar ek sal my kant bring, en as dit blyk dat ek dit nie kan doen nie, sal ek my bedanking indien," antwoord sy effens skerp.

"Nie nodig om jou op te ruk nie" sê hy nors.

"Ek is jammer as ek ongeskik geklink het, maar ek weet hoeveel ek kan verrig en ek onderneem om my beste te lewer." Sy klink minder geïrriteerd.

'n Klein glimlag plooi om sy mondhoeke. *Hierdie knapie laat hom nie sonder handskoene aandurf nie,* dink hy by homself en vir die eerste keer kry hy 'n bietjie respek vir die jongman.

Hulle bespreek haar pligte kortliks, waartoe sy instem. Daarna skud hulle hande en verkas eetkamer toe om ontbyt te gaan geniet.

Daar heers 'n ontspanne atmosfeer aan die etenstafel en Tersia se oë dwaal oor die kos wat gedek is: eiers, wors en mieliepap, met heerlike roosterbrood daarby en tuisgemaakte marmelade. 'n Warm koppie rooibostee rond die maaltyd netjies af.

Gereed vir haar dagtaak, stap sy uit. Sy het haar rybroek aan en 'n groot kakiehoed op haar kop. Die klein eerstehulp sakkie word aan haar gordel vasgemaak, met slangserum en 'n spuit, net vir ingeval.

Toe sy by die stalle aankom, het Kobus reeds vir Adoons aangesê om twee perde op te saal.

Hy stel hulle aan mekaar voor, en sê dan, "Jy kan op Fleur ry."

Adoons gee haar perd se toom fluisterend aan. "Pasop hy's baie wild."

Sy knik haar kop liggies in erkenning. Sy was so iets te wagte en neem die toom ferm in haar regterhand. Al paaiend gesels sy met die perd voor sy in die saal wip.

Fleur het eers besef dat sy op sy rug gaan klim toe sy reeds in die saal sit. Die toom stewig vasgetrek terwyl sy strelend met hom praat en teen die lang, trotse nek vryf.

Kobus is so verbaas dat dit hom etlike minute neem voor hy sy eie perd bestyg.

Dan galop hulle oor die werf.

Fleur is aanvanklik onwillig om gestuur te word, maar haar kalmerende gedrag het hom binne enkele treë van plan laat verander en galop hy ewe gewillig agter Kobus en sy perd aan. Die twee honde weerskante van hom maak hom effens senuweeagtig, maar gou besef hy dat die honde nie vir hom enige gevaar inhou nie, en onderwerp hy hom geheel en al aan die ruiter op sy rug.

Die hele episode het Kobus totaal onkant gevang. Nog nooit het iemand Fleur sommer net bestyg en gery nie. Hy kry splinternuwe ontsag vir die kêreltjie, maar besluit dat hy dit nooit as te nimmer sal wys nie.

"As ons by die kamp kom, kan jy vir jou 'n ryperd uitsoek waarmee jy gemaklik sal wees," praat hy later.

"Dankie, ek is gemaklik met Fleur. Ek is heel tuis op sy rug. So, ek volstaan met hom, nè ou... oubaas se perd?" Sy streel sy nek. Perd en ruiter verstaan mekaar op die oomblik volkome, maar byna het sy haarself verspreek. Sy vermaan haarself om in die toekoms versigtiger te wees.

Hulle galop oor die veld. Kobus is in 'n besonder goeie bui terwyl hy die omgewing aan haar wys.

"Daardie rooidakhuis wat daar tussen die bome uitsteek, behoort aan Charl en Rensia Liebenberg, hulle boer met melkbeeste. Hulle het 'n stoet Friese met stambome van hier tot in die Kaap. Lieflike vee wat hulle het. Charl is 'n besonder goeie boer. Rensia is sy regterhand en hanteer die rekenaarwerk ook. Alles daar by hulle loop op geoliede wiele. Hulle is vyf jaar lank getroud en het een seuntjie van so drie jaar oud. Hulle hou 'n paar perde aan vir hulle plesier. Jy moet daardie klein knapie sien perdry! Hy is so tuis op 'n perd se rug soos min mense."

Hy beduie met sy hand in 'n ander rigting. "Hierdie kant toe woon oom Herklaas en tant Miem. Jy kan nie die huis se dak sien nie, maar dis daar na die kloof se kant toe. Hulle is middeljarig en boer met Shetland ponies, pure stoetperdjies, en ek glo nie daar is kompetisie vir hom in die land nie. Sy stoetery is so tweehonderd ponies sterk. Hy hou elke jaar vendusie sommer op die plaas en dan kom die kopers van heinde en verre, selfs van oorsee, om van die ponies te koop. Baie mooi diere. Hy is 'n deskundige op sy gebied en kan enige ponie se stamboom uitlê tot in die hoeveelste geslag. Merkwaardige omie."

Sy rek haar oë, duidelik beïndruk.

Hy praat voort. "Hulle het een seun, maar hy is 'n regte niksnut, woon iewers in die Noord-Wes by sy skoonouers. Kom selde of ooit vir die twee oumense kuier, veral tant Miem mis hom baie. Wanneer hy wel kom, soek hy net geld. Oom Herklaas het hom laas 'n aardige bedrag gegee en aangesê om nooit weer geld te kom vra nie. Maar ek het 'n vermoede hy sal weer eersdaags hier opdaag en hulle wild en wakker skree. Ek sou hom nogal graag 'n pak slae wou gee, maar nou ja, goeie buurmanskap verhoed 'n mens om in te meng."

Sy snak na haar asem. *Wat wou inmeng! Weet hy ooit dat lyfstraf deesdae onwettig is?*

Sy stem onderbreek haar gedagtes. "My naaste buurman is Isak Verster, 'n windbol wat die plaas geërf het toe sy ouers verongeluk het. Hulle het ook met melkbeeste geboer, maar hy het nie kans gesien vir die harde werk nie en sommer gou die melkbeeste tot niet gemaak en osse aangeskaf. Dié wei nou op die buiteveld, hy het twee plase van oom Daantjie van Tonder se boedel bygekoop. Sy osse lyk nogal goed, te danke aan sy op en wakker voorman. Hy kom selde by die vee, lê meer in die dorp by die meisies as wat hy op die plaas is. Die voorman boer maar. Gelukkig vir hom. Die voorman besluit wanneer 'n os vendusie toe moet gaan en watter prys hy wil hê. Hulle kry gewoonlik goeie pryse vir hulle vee."

Sy arm swaai weer deur die lug soos hy beduie. "Langs hom boer Japie Drosky. Hy het nie die geleerdheid om die boerdery werklik waar te neem nie, en is in die diep kant ingegooi toe sy ouers hom op agtien ontval het. Nou moet hy maar op eie stoom aansnork. Gelukkig is hy gewillig om te leer en ons staan hom maar so 'n bietjie by. Hy het so 'n gemengde boerdery. Hoe goed dit werklik met hom gaan, sal ek nie kan sê nie. Hy is maar 'n stil outjie en meng nie baie nie. Ek verstaan dat hy besig is om deur die pos een of ander kursus in boerdery loop."

Hy is blykbaar klaar met sy saga, want 'n stilte val tussen hulle.

"Ek twyfel of ek almal se name en hul stories gaan onthou sonder om dit 'n tweede keer te hoor, maar ek sal my bes probeer. Hoe gereeld word julle deur slange gepla?" Dié omgewing is nogal baie ruig en sy kan haar voorstel dat slange hier floreer.

"Hier is heelwat slange, veral die Kobra, en hy is baie giftig. Ek verloor gemiddeld so ses perde per jaar wat deur slange gepik word. Hoekom vra jy, het jy een gewaar?"

"Nee, ek vra maar net. 'n Mens moet weet waarvoor om gereed te wees."

"Nou ja, hier is ons by die eerste kamp. Hier is die jong hingste. Hulle is nou onderskeidelik vier en vyf jaar oud en ek wil hulle na die volgende vendusie toe stuur. Hulle is ook nie ingebreek nie, so dis maar 'n wilde spul hierdie. Ou Adoons wou hê dat ek 'n paar van hulle moes inbreek, maar ek het nie tyd gehad daarvoor nie."

Sy bekyk die jong hingste noukeurig en moet saamstem dat hulle in 'n uitstekende toestand verkeer. Haar oog vang 'n paar besonder mooies, en sy sou wat wou gee om húlle te mag inbreek. Hulle is so ongetem, hulle kan maklik as wilde perde deurgaan. Sy sou nie graag die klomp jong hingste oningebreek wou laat nie. Dit stoot teen haar grein in dat hulle so gelos word.

Hy lei haar 'n ent verder aan. "In dié kamp is 'n klomp van my jong merries. Hulle is nou so drie jaar oud en ek sal Bismarck eersdaags by hulle kom injaag. Ek wou eers dat die merries mooi vorm aanneem voor ek die hings by hulle inlaat. Ek dink hulle is nou net mooi reg vir hom. Ek behoort dan volgende jaar sowat tweehonderd nuwe vullens te hê."

Sy moet saamstem dat hulle ook in 'n baie goeie toestand verkeer. Sy glo egter nie daaraan dat die perde so wild in 'n kamp moet saamdrom nie. Nee, die diere moet makgemaak word. Om Bismarck hier te kom injaag, druis ook teen haar begrip in. Sy sou hom graag onder oog wou hou. Die klomp merries is heeltemal te veel vir die een hings, maar sy hou haar opinie vir eers vir haarself.

Boonop is daar 'n groot moontlikheid dat vreemde merries in die kamp kan beland en dan deur Bismarck gedek word. Net so ook is dit moontlik dat 'n vreemde hings in die kamp kan beland en dan is die hele stoet se reputasie daarmee heen. Sy hou daardie gedagtes ook vir haarself op die oomblik.

Luister is nou haar grootste verpligting. Sy neem notisie van alles wat Kobus sê. Môre en oormôre sal daar genoeg tyd wees om haar opinie te lig en haar stempel af te druk.

Op pad terug waag sy dit wel om hom te vra of Bismarck die enigste hings vir teeldoeleindes op die plaas is. Tot haar grootste verbasing verneem sy dat dit wel die geval is.

"So baie merries en slegs een hings? Hoekom oorweeg jy nie meer as een teel groep nie?"

"Wat bedoel jy met meer as een teel groep?" vra hy. Natuurlik weet hy wat Tertius bedoel, maar hy wil hoor of die knaap dalk 'n buitengewone voorstel het.

"Hou een hings vir 'n sekere aantal merries aan en nog 'n hings vir 'n ander groep merries en so aan. Jy het so baie merries. Ek sou byvoorbeeld een hings per sestig tot maksimum honderd merries aanhou," antwoord sy baie braaf. "Deur dít te doen, kan jy 'n hele paar stoete opbou." Nou het sy sommer baie moed.

"En dan kom die verkeerde hings by die verkeerde merries en neuk jy die hele stoet op, nee dankie," knip hy haar entoesiasme kort. Etlike jare gelede het hy daardie duur les op die harde manier geleer, en moes hy al sy merries se vullens van daardie seisoen verkoop, boonop teen weggeepryse.

Hulle ry in stilte voort. Die son steek ongenadiglik en sy is maar bly dat sy wel die ou groot kakiehoed op het.

3

Skielik steek Bliksem vas en gee 'n tjank geluid. Tersia is soos blits van haar perd af, hand in die noodhulp sakkie en sak langs hom neer waar hy reeds krul en skuim by sy bek uitkom. Sy kry die teengif vinnig reg en spuit die hond in die regterkant van die nek, nog voor Kobus by hulle kon aansluit.

"Wat maak jy nou?" vra hy benoud.

"'n Slang het hom gepik en ek het hom gespuit. Ons sal hom op die perd moet laai of jy moet ry en die bakkie gaan haal. Hy kan nie nou verder loop nie."

"Hoe het jy geweet om slangserum saam te bring en hoe het jy geweet watter teenmiddel die regte een is?"

"Nie so baie vrae nie. Gaan haal die bakkie en bring sommer koue water en 'n ou handdoek saam. Bliksem het jou aandag nodig." Haar stem getuig van gesag, en sonder dat hy dit besef, gehoorsaam hy hierdie bevel outomaties.

Hy hits sy perd aan om op sy vinnigste te hardloop, terwyl sy by die hond kniel en hom versigtig na die koelte toe verskuif.

Ou Bliksem se asem jaag en die skuim bol voor sy bek. Sy paai deurentyd en probeer hom koel hou met haar hoed. Toe dit lyk of die hond effens bedaar, besluit sy om die slang te soek en dood te maak. Sy soek agter elke bos, lig elke klip op, loop oor die hele area in 'n wye draai, maar dit is 'n vergeefse poging. Die slang het in die niet verdwyn.

Na wat soos 'n ewigheid voel, sien sy die bakkie aankom en beduie hoe Kobus moet stilhou om die hond op die maklikste manier op die bakkie te kry. Hy het Adoons saamgebring en hulle moet al hulle kragte inspan om die hond op te tel. Sy gooi bietjie water in sy bek om dit uit te spoel, dan gooi sy die nat handdoek oor die hond en beveel Kobus om so gou moontlik terug te ry.

Sy oorhandig Fleur aan Adoons wat die perd redelik skepties betrag, maar sy het reeds by Bliksem stelling ingeneem en Kobus trek haastig weg.

Die hond kreun af en toe wanneer die rowwe terrein waaroor hulle beweeg hom bietjie rondskommel, maar net toe dit soos 'n ewigheid voel, is hulle tuis.

Sy storm haar kamer binne en bring nog serum te voorskyn waarmee sy die hond inspuit en gee hom ook 'n bietjie lou melk. Sowat 'n uur later begin hy rustiger raak, maar sy bly aan sy sy. Op 'n stadium lyk dit of die hond kouekoors gaan kry, en sy maak hom warm toe met 'n kombers. Later raak hy onrustig aan die slaap. Sy bly egter net daar, vryf kort-kort oor sy kop sodat hy kan weet dat sy naby is.

Dit word 'n baie lang nag waarin sy langs hom waak. Teen die vroeë oggendure raak sy in 'n sittende posisie langs die hond aan die slaap.

Kobus sien die figuur met deernis langs die hond en gaan haal 'n kombers om hom toe te gooi. Sy verskuif eers en slaap dan rustig verder. Toe die eerste strale van die oggendson deurbreek, skrik sy styf en seer wakker. Bliksem lig sy kop in erkenning, maar is nog te stram om op te staan.

Tersia skrik toe Kobus skielik langs haar praat. "Hier is 'n koppie koffie. Tag, maar jy het wondere verrig met Bliksem. Baie dankie." Hy klink skoon bedees.

"Baie dankie," antwoord sy saggies.

"Jy kan nou maar opstaan en gaan slaap in jou bed, jy hoef nie vandag enige ander verpligtinge na te kom nie. Jy het 'n nag opgeoffer vir Bliksem en ek is jou dankbaar daarvoor."

"Nee wat, ek is reg, net stort en eet en ek kan berge versit," stribbel sy teë.

"O nee, my opdrag is: gaan slaap en rus vandag. Jy het ongemaklik gelê en sekerlik maar min geslaap en vandag kan jy daarvoor opmaak. Dis jou dag af van enige werk. Luister nou na my," voeg hy met meer gesag in sy stem by toe dit lyf of sy weer gaan teëpraat.

Sy kyk dankbaar op na hom. Maak haarself dan uit die voete, stadiger as wat sy wou, omdat sy styf is van die ongemaklike lê. 'n Bed sal nou werklik welkom wees.

Sy spring onder die stort in, maar voor sy in die bed kon klouter, is daar 'n klop aan die deur.

Tant Nellie staan gereed met 'n skinkbord in die hande. "Toe, kindjie, eet nou eers iets, dan kan jy gaan inkruip. Sê net hoe laat ek jou moet kom wakkermaak."

"Dankie, Tante, maar ek sal sommer my wekker stel. U hoef nie moeite te doen nie. Baie dankie vir die ontbyt, dit gaan nou lekker smaak. Ek dink Bliksem sal dit maak, ons moet hom net vir 'n paar dae dophou. Hy behoort goed te braak sodra hy sy eerste ete in het, en dan sal dit beter gaan. Ek is bly ek kon van nut wees." Sy neem die skinkbord en maak die deur agter haar toe, verorber die kos in 'n japtrap en val op die bed neer vir 'n welverdiende slapie.

Teen elfuur word sy wakker. Sy besoek eerste vir Bliksem en ondersoek hom deeglik. Tevrede met sy toestand gaan sy na die kraal waar Bismarck en sy twee merries is. Sy bestudeer die hings met nuwe oë en merk dat hy inderdaad spierbreuke aan sy regter bobeen het. Hy het dus óf 'n besering opgedoen, óf hy is so gebore. Sy waag dit eerder nie te naby aan hom nie en kan daarom nie met geoefende hande aan die been voel nie. Sy merk ook op dat die hoef aan die regterbeen effens misvorm is. Baie gering, maar vir 'n kennersoog duidelik sigbaar. Die baas van die plaas het na regte vir hom 'n kat in die sak gekoop toe hy dié dier aangeskaf het... Sy bestudeer die merries noukeurig vir soortgelyke gebreke, maar merk niks op nie. Volmaak geteel met trotse lang nekke, perfek gevormde neusvleuels waaruit hulle liggies snork vir die vreemdeling in hulle poorte.

Sy is onbewus daarvan dat Kobus haar al 'n lang ruk betrag.

In sy enigheid wonder hy of Tertius dalk iets opgemerk het wat hy gemis het. Dat iets die outjie fassineer, veral aan die hings, is duidelik. Hy wil effens weerbarstig raak, want Bismarck is sy trots. Hy beteuel hom egter terwyl hy Tertius fyn dophou. Dié is ooglopend baie tevrede met die merries, want sy blik dwaal weer terug na die hings.

'n Diep frons verskyn op Tersia se voorkop as sy Bismarck verder bestudeer. Nie alleen is sy neusvleuels te klein vir sy grootte nie, maar sy oë pas nie by sy imposante figuur nie. Hulle kleur verskil ook, tog beskou sy dit nie as 'n té groot afwyking nie. Sy kan net nie liries raak oor die hings nie. Sy besef wel deeglik dat sy moeilikheid sal optel as sy dit durf waag om die dier by die eienaar te kritiseer.

Sy draai na die stalle en saal Fleur op.

Adoons kom aangehardloop en betig haar liggies omdat sy dit self doen.

"Toemaar, Adoons, baie dankie vir jou hulp, maar onthou, ek is ook 'n arbeider en is veronderstel om die perd self te kan opsaal. Ek kom heel goed reg. Dankie, Oudste. As iemand vra waar ek is, ek is na die kamp van die jong hingste. Ek het gister iets gesien wat ek wil gaan uitsnuffel. Ek beloof ek sal nie lank weg wees nie."

"Ai, my kleinmeneer, jy moet maar versigtig wees so alleen in die veld. Hoekom vat jy nie die skietding saam nie?"

"Nee wat, Oudste, ek sal regkom. Bye," en met 'n wuif van die hand jaag sy op Fleur se rug daar weg.

Kobus sit nog vir 'n wyle stil in die mik van die boom van waar hy Tertius dopgehou het. Dan spring hy uit die boom en stap tydsaam na die kamp en bekyk Bismarck met nougetrekte oë. Hy sien niks wat hy nie voorheen gesien het nie en wonder weereens wat Tertius aan die perd gesien het wat die misnoeë so duidelik op sy gesig gewys het. Hy besluit om voorlopig niks te sê of te vra nie. Dalk moet hy die geleentheid skep waar Tertius uit sy eie vir hom kan vertel wat hom pla van Bismarck. Vir hóm is Bismarck steeds die mooiste dier wat hy nog ooit besit het.

Na 'n ruk draai hy om en stap huis toe. Hy wil nog die een en ander in sy kantoor verrig en wil ook graag die kollege bel waar Tertius sy kursus geloop het. Iets aan die mannetjie bly hom ontglip. Vir iemand wat slegs 'n kursus in perdeboerdery geloop het, is hy heeltemal te toegerus. Neem byvoorbeeld die slangserum wat hy byderhand gehad het gister en die behendige wyse waarop hy Bliksem ingespuit het.

Bliksem is nog lomerig, maar toe hy verbystap, staan die hond stywerig op en swaai sy stert so effens. Hy vryf oor die hond se kop en voel 'n diepe dankbaarheid teenoor Tertius omdat hy hom gered het van 'n gewisse dood.

Sy ma kom by die voordeur uit met twee glase koeldrank en verneem dadelik na Tertius.

"Hy is met Fleur na die hingste se kamp toe, Ma, glo iets wat hy gister opgemerk het en verder wil gaan uitsnuffel."

"Maar, Boetie, hoe kan jy hom alleen die veld in laat gaan? Kon jy nie maar saamgegaan het nie?"

"Ma, ek was nie deel van die besluit nie, en ek wou my nie opdring nie. Hy sal glo nie te lank weg wees nie. Hy het met Adoons gepraat."

"Dit lyk of Bliksem gaan regkom," sê sy ma terwyl sy die koeldrank vir hom aangee. Sy neem plaas op 'n stoel op die stoep terwyl hy op die stoepmuurtjie gaan sit.

"Ja, dis 'n wonderwerk. Ek het nie gedink hy sal dit maak nie. Maar Tertius was so vinnig met die serum, ek kon my oë nie glo nie."

"Hoe het hy geweet om serum saam te neem?"

"Nee, ek weet ook nie, Ma. Toe ek maar sien, toe spuit hy die hond in soos 'n wafferse ekspert."

"Wel, dis genadiglik dat hy die serum by hom gehad het en so vinnig gereageer het."

Hulle teug stadig aan die koeldrank, gesels oor die weer en ander onbelangrike sake, toe sien hulle 'n motor in die laning aankom.

Kobus staan op om die gaste te verwelkom.

Charl en Rensia klim uit die motor net toe Kobus by hulle aankom.

Hulle groet joviaal oor en weer en dan vra Rensia, "Nou toe, waar is die jong voorman? Ek hoor hy het al aangekom. Hoe lyk hy vir jou, sal hy die mas opkom?"

"Ek en Rensia praat reeds oor die jongmanne wat nou net van die kollege banke af kom en die wêreld wil versit, en dan op die ou einde maar weinig vermag," gooi Charl ook 'n stuiwer in die armbeurs.

Dit is tant Nellie wat antwoord. "Nee, hy het aangekom en alreeds bewys dat hy die mas sal opkom. Bliksem is gister deur 'n slang gepik en hy kon die hond deurhaal. Hy is nog so bietjie stram en styf, maar ons glo hy sal die paal haal."

Kobus is onverklaarbaar onwillig om sy nuwe voorman te bespreek.

"Nou hoe is jy so stil, buurman?" vra Charl toe hy sien Kobus gaan nie aan die gesprek deelneem nie.

"Nee, dit lyk of ek nogal 'n goeie keuse gemaak het toe ek hom gekies het. Dit lyk of hy iets weet van boerdery, maar ek moet nog vasstel wat hy van perde weet. Jy moet onthou, die knaap het maar eers Sondag gearriveer."

"Kom, ek gaan kry vir elkeen 'n koeldrank, dis nogal warm vandag. Ons kan sommer weer hier op die stoep sit," meen tant Nellie.

Rensia stap saam na die kombuis waar sy die groot nuus aan tant Nellie breek. "Ons gaan weer 'n baba hê, Tante. Ek was gister by die dokter, ek is nou sewe weke swanger. Charl is so in sy skik."

"Maar my wêreld, geluk jong, ek is sommer baie bly vir julle. Jy sal so 'n bietjie moet briek aandraai met die plaaswerk en dit kalmer neem vir die volgende paar maande."

"Charl het ook gesê hy sal sommige van my pligte oorneem tot ek weer in die tuig kan staan, maar Tante, hy doen alreeds so baie, ek wil ook maar net help."

"Is so, my kind, ek verstaan, maar moederskap is nie iets om te versmaai nie, jy moet nou maar eers 'n fris en gesonde baba in die wêreld bring, dan kan jy weer volstoom boer. Jy weet mos, jy is reeds hierdeur met jul eersteling, dan nie?"

"Ai, Tante, ek sal probeer, ek belowe, maar swanger-skap is nou ook nie 'n siekte nie."

"Dit is so, maar julle nuwe baba kom nou vir eers eerste." Sy tel die skinkbord op en stap uit.

"Kobus, hoor net wat vertel Rensia my, hulle gaan weer 'n babatjie hê. Is dit nie goeie nuus nie?" verklap sy die nuus toe sy op die stoep uitkom.

Kobus glimlag van oor tot oor toe hy sy vriend gelukwens.

Charl kan sy trots nie wegsteek nie. "Ja, ons het net gister gehoor."

Tant Nellie nooi hulle om te bly vir ete en wonder hardop hoe laat Tertius terug sal wees. "So onverskrokke, ry sommer alleen buiteveld toe, daar na die hingste se kamp."

"As Tante so trots klink moet hierdie man iets besonders wees. Tante was so skepties met Tonie," sê-vra Rensia.

"Wel, ek dink Tertius is heeltemal uit 'n ander stam gesny. Ek dink hy gaan nog sy voete vol staan hier op die plaas."

Kobus en Charl stap later al geselsend na die kamp waar Bismarck en sy merries rustig wei.

"Wat dink Tertius van Bismarck?" vra Charl toe hy teen die heining leun.

"Ek weet nie, hy het nog niks gesê nie, maar ek sien 'n frons op sy gesig as hy na hom kyk. Hy is nie 'n outjie wat sommer uit sy eie praat nie," antwoord Kobus.

"Dink jy hy vind fout met jou hings?"

"Nee man, wat se fout kan hy nou vind? Bismarck is 'n volbloed en in die hele land is daar nie 'n perd met 'n stamboom soos syne nie. Hy is te veel van 'n snuiter om vir my te kom vertel daar's fout met Bismarck. Man, hy is maar pas van die skoolbanke af. Het nog geen ondervinding nie. So, hoe kan hy 'n mening lug oor Bismarck? Nee wat, miskien is dit die beste volbloed wat hy nog in sy lewe gesien het. Wel, ek het nog nie beter gesien nie, en ek het al baie perde in my lewe gesien," antwoord Kobus effens gesteurd.

Hulle hoor perdepote en toe hulle opkyk is Tertius op pad terug, op 'n rustige galop met twee hingste aan leibande langs Fleur.

"En nou, waar gaan jy met daardie hingste heen?" vra Kobus half uit die veld geslaan.

"Ek is lus om hulle in te breek. Dis twee spogperde en as hulle ingebreek is, sal jy baie meer vir hulle kry op die vendusie. Daar is nog 'n paar wat ek graag sal wil inbreek. Ek het regtig my oog op hierdie een, en as hy ingebreek is, en hy is van Fleur se kaliber, sal ek hom graag vir 'n ryperd wil hê. Ek hou van sy bou, sy asemhaling en spier-kontraksie. Pure perd hierdie." Sy vryf die perd liggies teen die nek.

Die dier is egter nie baie geneë tot die aanraking nie en staan vinnig op sy agterpote en kap wild met die voorpote, maar Tersia het hom ferm aan die leiriem beet.

Charl is stomgeslaan dat so 'n jong, skraal mannetjie die perd so stewig kan vashou, en besluit dat die man die kuns om met perde te werk miskien beter onder die knie het as waarvoor 'n mens hom krediet sal gee.

Tersia neem die twee perde na die aangrensende kampie toe en met die hek deeglik toe, maak sy die leibande een vir een los en laat die diere gaan. Hulle storm verwilderd op die draad af; hardloop eers in dié rigting en dan in dáárdie rigting. Tersia fluit saggies en praat kalmerend terwyl sy Fleur aanpor om redelik naby aan die twee te kom.

Na sowat tien minute, is hulle albei moeg gespartel en terwyl die neusvleuels en die oë wild sper, beweeg sy stadig op Fleur se rug nog nader aan hulle. Dit lyk of hulle wil wegstorm, maar die een staan doodstil en laat haar toe om aan hom te raak.

41

Nog baie onrustig kap hy met sy voorpote in die grond, maar beweeg nie weg toe sy hom saggies oor die kop en maanhare streel nie. Die ander een is baie onseker en bly op 'n veilige afstand.

Sy het suikerklontjies in haar hemp se sak en terwyl sy die perd streel, bied sy hom een aan. Byna hap hy haar hand, maar sy ruk dit vinnig, dog sonder dreiging weg. Na nog 'n paar probeerslae, neem hy wel die suikerklontjie van haar hand.

Toe beweeg sy nader na die ander een, maar dié is baie gespanne en Tersia besluit om hom nie langer te tempteer nie. Daar sal nog genoeg tyd wees om sy vertroue te wen. Tydsaam en terwyl sy kalmerend fluit, lei sy Fleur uit die kampie uit. Wanneer sy die hek agter haar wil toemaak, is beide die ander perde ook daar, maar minder dreigend.

Charl en Kobus is verstom en kan maar net hul koppe skud. Soveel vernuf met wilde perde het hulle nog nie gesien nie.

Sy spring van Fleur af. Adoons is dadelik by om die perd te neem en te gaan afsaal.

"Dankie, Adoons." Sy draai om en stap na die twee mans wat daar naby staan.

"Tertius, ontmoet ons buurman, Charl. Hulle het kom oë wys en my ma het hulle sommer genooi om saam te eet," praat Kobus in een asem.

"Aangename kennis," antwoord Tersia en vra verskoning om te gaan hande was.

Tant Nellie roep hulle vir ete juis op daardie oomblik, en stadig beweeg Charl en Kobus stilswyend terug na die opstal.

Die ete verloop baie gesellig en Tersia besef dat die tante 'n voorslag kok en onthaler is. Die tafel is weereens keurig gedek, sonder enige weelde, dog smaakvol. Die kos is voortreflik, en in haar enigheid dink sy dat sy haar eetgewoontes sal moet dophou anders gaan sy gou gewig aansit. Daar word lewendig gesels oor die koms van die nuwe baba, die reënseisoen wat op hande is, en die naderende vendusie. Die gelui van die foon onderbreek die gesprek en Kobus vra verskoning om die foon te gaan antwoord.

"Oom Sampie is glo baie siek, het 'n beroerte gehad verlede nag en is in die waakeenheid van die hospitaal opgeneem," sê hy toe hy weer terugkom. "Moeder sal seker wil gaan kyk, ek dink ek en moeder sal gaan, betyds vir besoekure."

"Dankie, Seun," sê sy ma stroef. Die atmosfeer het heeltemal verander.

Tersia maak verskoning en verlaat die eetkamer.

Sy is lus vir die twee jong perde. Sy saal weer vir Fleur op en met bietjie moeite vang sy die twee jong perde en sit leirieme aan, dan maak sy dit vas aan Fleur se stang en ry die werf op 'n stadige galop uit. Elke nou en dan verstel sy aan die leirieme totdat die twee jong hingste teen haar bene skuur. Sy ry nog steeds op 'n

43

stadige galop en gee die twee diere kans om behoorlik met haar kennis te maak.

Sy ry sowat 'n uur lank rond en bring die perde weer terug na hulle kampie. Daarna gee sy elkeen voer en water; praat paaiend, maar waag dit nie te naby aan hulle noudat hulle weer losgemaak is nie.

Adoons betrag die jong Tertius met nou getrekte oë, bang dat die perde hom mag skop. Hierdie kleinmeneer het sommer diep in sy hart ingekruip. Die stil en kalmerende wyse waarop hy met die perde werk is so reg in sy kraal. Hy het nog nooit geglo aan swepe en pietse nie, jou stem moet 'n perd kan beheer en hier doen hierdie kleinmeneer juis dit.

Tersia stap kombuis toe, skink 'n glasie koeldrank en sit sommer op die hoek van die tafel terwyl sy dit met klein teugies drink en 'n prentjie van die huismense stadig in haar kop sirkel. Hulle is weg na die hospitaal om oom Sampie te besoek. Maar haar gedagtes dwaal vinnig weer terug na die hingste wat sy binne 'n dag of wat wil inbreek. Hulle was te lank wild gelaat en sy besef dat sy haar kaarte baie mooi moet speel om nie seer te kry nie. Ondervinding het haar geleer om nie te haastig te wees nie. Neem jou tyd om hulle eers aan jou gewoond te maak en dam hulle dan by.

Sy is so ingedagte dat sy haar boeglam skrik toe tant Nellie en Kobus skielik by die agterdeur instap.

"Ai, kindjie, ek is so bly dat jy solank vir jou koeldrank geskink het. Die son steek darem maar kwaai vandag." Die atmosfeer is minder stram as aan die etenstafel toe die nuus van die oom se siekte bekend geword het.

"Is die oom beter?"

"Ja, kindjie, hy is baie beter," antwoord die tante.

Na ete onttrek Kobus hom na sy kantoor. Daar is heelwat administratiewe werk wat gedoen moet word. Hy kontak die nommer van die instansie wat op Tertius se sertifikaat verskyn, en verneem dat ene T. Vermeulen 'n uitmuntende student was, met 'n besondere voorliefde vir perde.

Tant Nellie en Tersia gesels nog so 'n rukkie waarna sy terugkeer na die stalle en weer met die twee hingste in gesprek tree.

Sy fluit en praat met hulle, en hulle is duidelik minder angstig as vroeër. Dit begin al belowend lyk. Hulle is nog baie gespanne en die spiere dy op hulle flanke, die neusvleuels wyd gesper, hulle snork liggies, dog gevaarlik, maar Tersia weet hoe ver sy dit kan waag. Sy vertoef 'n hele rukkie by hulle en dan gaan sy na die kamp waar Bismarck en sy twee merries is.

Dit lyk vir haar of die merries nie meer sin aan hom het nie, en sy is op die punt om dit aan Kobus te gaan vertel, toe hy skielik langs haar praat.

"Dit wil vir my lyk asof die merries klaar is met Bismarck."

"Ja, dit lyk vir my ook so. Hulle lyk 'n bietjie verveeld met hom. Ek hoop hy het sy werk gedoen."

"Twyfel jy aan sy vaardigheid?" vra Kobus vinnig.

"O nee, ek bedoel ek hoop hulle het mooi vullens."

"Jy hou nie baie van Bismarck nie?" skiet hy die vraag op haar af en is dadelik spyt dat hy dit genoem het.

"Nee, nee, ek het geen kommentaar nie, ek moet hom ook maar eers leer ken."

Hy besluit om die saak daar te laat.

Vroeg die volgende oggend is sy by die stalle en nadat sy vir Fleur opgesaal het, roep sy Adoons se hulp in om haar te help om die twee hingste ook opgesaal te kry. Dit gee 'n woeste gespook af. Hulle skop in die lug op, skop agterop, staan op hulle voorpote, probeer selfs om Adoons te byt, maar na wat soos 'n ewigheid voel, is die saals op hulle rûe. Hulle spook en baklei nog steeds, maar sy neem die leirieme ferm in haar hande saam en galop op 'n gemaklike pas by die hek uit.

Hulle weier aanvanklik om saam te gaan, protesteer met mening teen die saals op hulle rûe, maar mettertyd aanvaar hulle die situasie en galop saam. Elke nou en dan sal een hom skielik verset, met die gevolg dat die ander een ook weerbarstig raak.

Sy ry 'n wye draai met hulle vir ongeveer 'n uur lank en keer dan terug. Die afsaal gaan selfs moeiliker as die opsaal, maar eindelik is hulle ontslae van die onwelkome goed op hul rûe. Sy gee hulle weer elkeen 'n bietjie voer en water en praat paaiend met hulle.

Sy is net betyds vir ontbyt terug by die opstal.

"Jy moet versigtig wees vir daardie twee jong hingste. Hulle is kwaai befoeterd en kan jou lelik seermaak," vermaan tant Nellie.

"Nee wat, Tante, ek het al baie jong perde ingebreek, hulle gaan my nie baasraak nie." Sy glimlag geheimsinnig.

Kobus beloer haar maar net so onder sy ooglede deur voordat hy praat. "Ek sien jy het 'n ander taktiek met hulle. Maak hulle eers 'n bietjie gewoond aan die saals. Dink jy dit help?"

"Ek glo so, maar eintlik is geen jong perd maklik nie, jy moet hom inbreek na jou wil, en partymaal is hulle wil net so sterk, indien nie sterker as joune nie, maar ons sal sien, ek het hoop vir hulle," praat sy die groot taak wat voorlê weg.

"Jy kan my niks van 'n perd se eie wil vertel nie, ek het al honderde perde ingebreek. Jou aanslag is net anders as myne."

"Ewenwel, kindjie," vermaan tant Nellie haastig, "jy moet versigtig wees."

Kobus rol sy oë, en verander die onderwerp drasties. "Ek gaan dorp toe, het jy iets nodig, Tertius?"

"Nie persoonlik nie, dankie, maar ek sal graag na jou medisynekas wou kyk, en as dit nie volledig is nie, kan Meneer dit dan aanvul."

"Ai tog, kindjie, los tog maar die gemeneer en noem hom Kobus, jy is nou een van die familie."

47

"Dankie, Tante, maar dis seker maar hoe 'n mens jou werkgewer aanspreek," antwoord sy ewe spitsvondig.

Kobus gee 'n laggie en beaam sy moeder se woorde. "Nee wat, dit is nie nodig om so formeel te wees nie, jy kan my maar Kobus noem, dankie."

"Baie dankie, Kobus."

"Nou kom ek gaan wys jou my medisynekas, soos jy dit noem."

Sy ondersoek die kas deeglik en is tevrede met die inhoud. "Nee wat, dit lyk vir my redelik in orde, miskien kan jy net nog 'n aanvulling van hierdie slangserum kry. Myne is so te sê boomskraap. Bliksem het nogal mooi reggekom. Ek het hom amper nie 'n kans gegee toe jy weg was om die bakkie te gaan haal nie. So 'n slang se gif is nogal erg."

"Ja, en nogmaals dankie dat jy die hond gered het. Ek moet sê, jy het so vinnig gedink, maar nogmaals dankie. O ja, jy ry nie daai perde as ek nie by die huis is nie. Of nog beter, ry saam dorp toe, dan weet ek jou bas is nog heel wanneer ek terugkom."

"Maar ... ek kan perde inbreek, ek weet wat om te doen."

"Nietemin, ek wil hier wees wanneer jy dit doen, net ingeval..."

"Net ingeval wat?" vra sy onthuts. *Reken, om soos 'n skoolkind behandel te word, gmf, wie is hy miskien?* Sy stamp haar voet kwaad op die grond.

"Ek sê maar net..." begin hy, maar sy val hom vinnig in die rede.

"As ek wil ry, sal ek ry, en niks se gemaar van jou nie. Kry jou ry dorp toe en los my uit om my werk te doen." Sy is behoorlik omgekrap en stap sommer weg krale toe.

Kobus skud sy kop: sowat van koppig het hy lanklaas teëgekom, en boonop nog 'n voetjie-stampery soos 'n opstandige driejarige.

'n Skewe glimlag verskyn om sy ma se mond, want dit is sweerlik die eerste maal dat Kobus deur so 'n bogkind koud gesit word.

Nadat Kobus gery het, haas sy haar na die stalle toe en probeer om Tertius daarvan te laat afsien om vandag die perde verder in te breek. Sy wil net nie dat die kind agterkom dat dít haar doel is nie.

"Ag, Tertius, kindjie, wil jy nie asseblief eers vir my die kraan in my badkamer gaan regmaak nie? Die ding lek nou al vir weke aanmekaar en Kobus is net te besig om daarby uit te kom."

"Natuurlik, Tante."

"Stap saam, dan gaan wys ek jou watter kraan dit is."

Tersia stap saam met die tante. Loodgieterswerk is nie juis haar sterkpunt nie, maar sy het darem al 'n kraan of twee moes regmaak, so sy weet gelukkig hoe om dit te doen.

"Dankie, kindjie. Nou kan ons eers tee drink voor jy weer stalle toe verdwyn." Sy draai so lank as wat sy kan om die tee te skink, maar oplaas het sy geen verskoning meer om Tertius daar te hou nie.

4

Tersia is gereed om die groot werk aan te pak, en nou is die beste tyd, besluit sy toe sy uiteindelik van die ou dame se geselskap kan ontsnap.

Adoons sit vinnig hand by toe sy daar aankom. Hy is nuuskierig om die inbrekery te sien. Kort voor lank is die eerste hings gesaal en getoom.

Sy gebruik al haar vernuf om die dier gekalmeer te kry, en na 'n ewigheid spring sy in die saal.

Meteens is die duiwel los in die jong hings. Hy spring in die lug op; maak sy rug krom; skop agterop; staan op sy agterpote; hoes en proes; storm vervaard op die heining af en steek skielik viervoet vas.

Tersia was gelukkig gereed vir aksie. Sy hou die toom redelik styf in haar hande vas, maar gee die hings tog vrye teuels om sy manewales uit te voer. Hy skop en spring, blaas deur sy neusvleuels en snork van verontwaardiging, maar Tersia bly in die saal.

Ou Adoons knyp sy oë toe en loer so af en toe tussen sy vingers deur terwyl sy borskas op en af dein vir hierdie jongman wat so onverskrokke is.

Skielik staan die perd doodstil, en uit ondervinding weet Tersia dat hy haar waaksaamheid op die proef gaan stel. Die volgende oomblik pyl hy soos 'n wafferse renperd weg, reg op die hek af, en kom meteens doodstil tot stilstand met sy rug kromgetrek. Hy skop weer sy pote agterop en blaas soos 'n gans van woede.

Tersia bly egter in beheer en praat deurentyd kalmerend met die dier.

Sy spiere is soos styf soos kitaarsnare gespan, sy bek wyd oop en hy snork-blaas steeds van verontwaardiging. Hy lig sy voorpote op en staan só hoog op sy agterpote dat dit voel of hy agteroor gaan val.

Sy skop haar stewels styf in sy flanke vas en hou die toom stewig.

Dan weer draai die hings soos 'n tol in die rondte, nog glad nie klaar met sy manewales nie. Hy is moeg gespook, maar sy blus is nog lank nie uit nie. Hy bokspring, kap met sy voorpote op die grond, skop agterop en span sy spiere nog stywer as dit enigsins moontlik sou wees. Hy probeer enigiets wat sy oeroue instink hom aanspoor, maar die mens op sy rug sit waar sy sit.

Na sowat 'n halfuur se gespook, is hy doodmoeg en besluit om voorlopig die aftog te blaas. Hy proes en snork, maar sy kop hang laag en Tersia besef sy fut is uit.

Sy bly steeds versigtig terwyl sy hom stadig aanpor om tot by die drukgang te beweeg, net ingeval hy nog streke wil uithaal, dan kan sy darem op die beskerming van die drukgang staatmaak. Hy stap onverstoord aan en sy besluit om hom 'n slag in die kraal in die rondte te laat loop.

Hy doen gedwee mee, maar dan ewe skielik is die duiwel weer los en bokspring hy 'n paar maal, skop agterop, snork-blaas deur wydgesperde neusvleuels, trek sy rug krom, probeer haar afgooi, maar dan blaas hy die aftog. Sonder enige verdere protes laat hy hom stuur.

Tersia klim tydsaam af, om hom nie verder te ontstel nie, en maak die buikgord los. Hy staan haar grootogig en aankyk terwyl sy die saal van sy rug aftel. Met die saal in die hand stap sy na die hek, met een oog op die perd. Tot haar stomme verbasing loop hy agter haar aan. By die hek druk hy sy neus onder haar arm in en draai skielik om en hardloop so 'n paar maal in die rondte en skop agterop, so asof hy wil sê: 'Mooi jong, dit was wel gedaan'.

Tant Nellie, wat ook nader gekom het, staan langs Adoons en hulle haal kwalik asem. Adoons is nog te bang om sy hande heeltemal weg te neem en loer nog so ewe tussen die vingers deur, maar dan klap tant Nellie spontaan hande en besef Tersia dat sy al die tyd 'n toeskouer gehad het.

"Magtig, kindjie, dit moes ek op kamera gehad het. Kobus sal nooit besef wat hy vandag misgeloop het nie. Ek het so iets nog nooit aanskou nie. Waar het jy geleer om 'n perd so te hanteer?" Sy kan haar trots nie verberg nie, en huil-lag deurmekaar.

"Ai, my kleinmeneer, ek het gedink daai perd maak jou vandag dood. Sjoe, hy was maar wild."

"Wel, Oudste," sy klop hom liggies op die skouer, "hulle is maar almal wild tot hulle ingebreek is. Moet net nie dink dat hy nou mak soos 'n lam is nie. Daar is nog 'n paar lesse vir hom oor. Maar ek smaak daai perd."

"Kom, Tertius, nou verdien jy 'n glas goeie wyn. Dit was 'n uitstekende stukkie werk," nooi tant Nellie geesdriftig.

"Dankie, Tante, ek moet sê, ek is ook moeg en die spiere so 'n bietjie styf. Ek moes maar klou om bo te bly," erken sy glimlaggend. "Maar moet asseblief nie vir die grootbaas sê dat ek oor seer spiere gekla het nie," las sy by.

Hulle klink 'n glasie en tant Nellie kan net nie ophou uitvra oor hoe sy dit reggekry het om bo te bly, en hoe sy geweet het watter streke die perd volgende sou uithaal nie.

"Tante, 'n mens leer maar mettertyd en jy kry maar 'n aanvoeling vir die perd se bewegings. Ek dink die geheim is om die heeltyd in beheer te wees. Die perd moet nooit die oorhand kry nie, dan is dit verby en gooi hy jou soos 'n vrot vel af. Maar ek is bly dis agter die rug. Moenie glo dat hy nou hondmak is nie, o nee, hy gaan nog 'n hele paar streke uithaal, maar ons sal hom môre weer ry. Binne 'n week sal hy so mak soos 'n lammetjie wees. Ek dink die moeilikste is wanneer hy uit die kamp is, in die oopte, dan haal hy al sy streke uit en wil baas speel. Hy gaan nog 'n wonderlike ryperd word, glo my. Sy flanke en sy rug sit baie gemaklik."

"Maar kindjie, jy lyk nog so jonk en tog ken jy perde so goed. Hoe so?"

"Ag, Tante, dis maar my passie. Ek is op my heel gelukkigste op 'n perd se rug. Gelukkig kon ek dit uitleef van kleins af."

"Ek dog jy sê jou ouers is in die onderwys, waar kom die perde dan vandaan?"

"My oupa woon op 'n plaas en ons het dikwels daar gekom. Ek was ook by 'n ryskool van jongs af." Sy staan op en maak verskoning om na haar kamer te gaan, voordat sy dalk te veel geheime uitlap.

In haar kamer drink sy 'n spierverslapper pilletjie en gaan weer terug na die kraal toe.

Adoons waai al sy hoed van ver af.

Sy haas haar daarheen, menende dat daar iets skort met die perde, maar hy is net vol lof vir haar prestasie van die oggend. Hy babbel aaneen totdat sy halt roep en hom vermaan om met sy pligte voort te gaan.

Soos hy tekere gaan, sal mens sweer hy het nog nooit gekyk wanneer Kobus 'n perd inbreek nie, dink sy terwyl sy die kraal binnegaan.

Sy stap doelbewus op die hings af. Hy is effens senuagtig en kap liggies met sy voorpoot op die grond. Sy beweeg tot by hom en streel sy kop en maanhare. Duidelik onseker trippel hy agteruit met sy bek wyd gesper. Haar hand beweeg stadig teen sy nek af terwyl sy sag met hom praat. Mettertyd ontspan hy effens, maar bly tog bedag op wat sy moontlik volgende mag doen.

'n Glimlag verskyn op haar gesig, dan draai sy om en stap kop omhoog die kraal uit.

Adoons se oë val byna uit sy kop.

"Nee, my kleinmeneer, jy sal 'n ou man se hart laat gaan staan, om sommer so by die wilde perde in te loop. Wat kan ek maak as hy jou storm of iets? En meneer Kobus sal my afslag as jy iets oorkom en ek het jou nie gekeer nie. Asseblief, moenie so onverskillig wees nie."

"Toemaar, Adoons, ons sal hom môre en elke dag daarna bietjie ry tot hy mak is. Hy het nog baie streke in hom, maar los dit maar vir my. Ek sal hulle almal uit hom kry en hy sal nog uit my hand uit eet. Hoor vir my."

"Ek glo jou. Wat jy vandag gedoen het, het ek nog nie eens gesien meneer Kobus doen nie. Maar jy, jy is so tingerig soos 'n meisie en jy raak daardie groot hings baas. Ai, my oë het vandag iets gesien wat ek nooit sal vergeet nie." Sy aanbidding is duidelik.

Skielik praat tant Nellie agter hulle.

"Ja-nee, Adoons, ek het ook vandag iets gesien wat ek nie kan glo nie. Hierdie kleinmeneer van ons is goed, hoor." Sy klop Adoons op die skouer.

Sy glimlag vir Tertius voor sy omdraai en terugstap huis toe.

Kobus arriveer intussen vanaf die dorp en dra die inkopies kombuis toe.

Wanneer sy ma daar instap, kan sy nie haar opgewondenheid onderdruk nie en vertel in detail hoe Tertius vroeër met die perd gewerk het om hom in te breek.

Hy is sommer vies. Hy het Tertius uitdruklik gevra om daarmee te wag tot hy tuis is. Hy loop al brommend af kraal toe, in die hoop om hom daar te kry en uit te trap, maar loop hom vas in Adoons. Dié hemel ook meneer Tertius se vermoëns met 'n perd op.

Sy vuiste bal langs sy sye terwyl hy na Tertius se kamer stap. Hy klop aan die deur, maar loop hier ook 'n bloutjie.

Hy storm die huis binne, op soek na 'n koppie koffie.

"Het jy gesien Tertius het met Fleur gaan ry?" vra sy ma. "Jitte, daardie outjie het wondere verrig met die jong hings. Jy moes dit gesien het, Kobus."

"Ja, en hy moes na my geluister het, dan sou ek dit gesien het."

Aandete word in stilte genuttig. Daarna gaan sit hulle in die sitkamer, elk met 'n laaste koppie koffie vir die dag voor Tertius na sy kamer gaan.

Kobus moet al sy kragte inspan om kalm te klink toe hy met Tertius praat. "Ek hoor jy het toe voortgegaan om die jong hings in te breek ná ek dorp toe is vanoggend."

"Ja, ek het jou mos gesê ek gaan voortgaan met my werk terwyl jy weg is."

"Dit was regtig onverskillig. Moenie weer so iets waag in my afwesigheid nie, asseblief. Ek kan darem hand bysit indien enigiets skeefloop."

Sy vererg haar omdat hy haar soos 'n stout skoolseun wat met iets onheiligs betrap is, behandel. Sy buig eerbiedig na sy kant. "Ja baas, goed baas, ek sal so maak baas, goeienag baas," en stap die vertrek uit.

Kobus bal sy vuiste hoogs ontstoke en voel lus om die mannetjie 'n opstopper te gaan gee. Hy bedink homself, vlieg op en verdwyn na sy kamer toe.

Vroeg die volgende oggend is Tersia weer in die kraal en saal sy die jong hings op. Hy is minder aggressief, nietemin laat hy sy ontevredenheid blyk deur te proes en te retireer, maar sy beheer die toom ferm. Met een sprong is sy in die saal.

Adoons haal skaars asem waar hy by die hek in stomme verbasing die skouspel aanskou.

Nog voordat sy mooi in die saal sit, steek die perd skielik sy kop tussen sy bene, baie vinnig en baie laag. Dit vang Tersia onkant en sy gly van die saal af en hang oor die hings se nek. Sy klou aan die maanhare tesame met die toom. Die volgende oomblik spring hy op sy agterpote en sy gly terug op die saal, maar glip dan oor na die eenkant toe, en val halfpad af. Haar een voet buig sleg soos sy probeer om dit in die stiebeuel te hou. Sy wriemel haarself terug op die saal en kap die perd baie hard in die flanke met haar stewels om haar senioriteit aan hom tuis te bring.

Hy neem egter glad nie verlief met hierdie optrede nie en vlieg weg. Toe Tersia besef dat hy nie betyds gaan stop vir die heining nie, lig sy die teuels asof sy hom opdrag gee om oor die heining te spring. Hy laat hom nie twee maal nooi nie. Hy vlieg soos wafferse atleet oor die heining en lê oop oor die vlaktes.

Sy gee hom nou vrye teuels en vir sowat 'n kilometer loop hy stof uit die aarde. Toe sy aggressiewe pas effens verslap, laat sy hom in die rigting van die vlei hardloop en in die vlak modderwater laat sy hom swoeg en sweet waar hy kniediep in die modder ploeter totdat hy hortend asem haal. Sy hele liggaam bewe, elke spier tot die uiterste gespan, maar sy gee nie bes nie. Sy laat hom hard werk, daardeur wil sy hom dwing om sy wil aan haar te onderwerp. Dan vat sy hom dieper die dam in. Sy spiere is styf gespan, hy snork en sy neusvleuels tril, sy oë wawyd oop, sy hele liggaam bewe.

Skielik steek hy vas, maar Tersia is gereed hiervoor en weer 'n keer slaag hy nie daarin om haar van sy rug af te gooi nie. Sy vryf hom oor die nek en praat naby sy oor terwyl sy hom teen die oewer uit stuur.

Hy trippel 'n bietjie in die rondte, begin dan op 'n gemaklike pas draf in die rigting van die kraal. Hy is aanvanklik onwillig om in te gaan, maar sy gee hom nie die keuse nie.

Sy ry 'n paar maal in die rondte en klim dan af, maak die buikgord los en saal hom af. Hy is papnat gesweet en sy vra Adoons om hom koud te lei.

Dié staan egter soos 'n standbeeld, nie in staat om te roer nie. 'n Sug glip by haar mond uit, en toe lei sy maar die hings self koud.

Eindelik haal sy die suikerklontjie uit haar sak en hou dit uit na hom. Na 'n paar oomblikke van agterdog, neem hy dit by haar en toe soek hy nog een in haar hand.

Sy weet dat sy hierdie rondte los hande gewen het. Voortaan sal hy uit haar hand eet. Sy doop hom plegtig 'Voorspoed' en besluit om dit haar ryperd op die plaas te maak.

Kobus se hart klop in sy keel terwyl hy Tertius dophou waar hy die jong hings koud lei. Hy het netnou amper 'n hartaanval gekry toe Tertius verwoed aan die perd se maanhare moes vasklou om nie af te val nie. Dit het gevoel of 'n ystergreep om sy hart vasklem. Groot, koue sweetdruppels het op sy voorkop gepêrel. Hy wou skree, vorentoe hardloop, maar hy was vasgenael. Hy was momenteel van sy sinne beroof, en moes die gevoel met geweld van hom afgeskud. Wat gaan met hom aan? het hy tevergeefs gewonder, maar vinnig weer beheer oor sy emosies gekry.

Sy ma is vol lof en klap haar hande uit pure genot oor Tertius se sukses met die perd.

"Nou kort jy 'n koppie koffie, kindjie."

"Dit sal heerlik wees, dankie, Tante."

Kobus is redelik ontsteld en neem nie deel aan die gesprek tussen sy ma en Tertius op pad huis toe nie.

Hy kan sy eie emosies nie heeltemal verstaan of verduidelik nie, en sluip stilletjies by sy kantoor in terwyl sy ma koffie gaan skink. Hy wil nou alleen wees, maar hy weet ook dat iets met hom gebeur het wat heeltemal buite sy beheer is. Maar wat is dit? wonder hy weereens, en skrik hom boeglam toe sy ma binnestap met sy koffie.

"En nou, Boetie, as dit lyk of jy 'n spook gesien het?"

"Miskien het ek met een kennis gemaak," antwoord hy stug.

"Hoe bedoel jy nou, Boetie?" Sy frons.

"Laat dit daar, Ma, vergeet daarvan!" Hy trek die telefoon nader en skakel 'n denkbeeldige nommer om sodoende van sy ma ontslae te raak.

Die dae snel mekaar vinnig op en voordat Tersia mooi besef, is sy al drie maande op die plaas.

Die werksaamhede verloop baie vlot. Die perde is geënt teen perdesiekte. Bloedtoetse is geneem en ontleed om seker te maak hulle is in die regte kondisie om vendusie toe te gaan.

Sowat tweehonderd perde word vendusie toe karwei en Kobus is heel in sy skik met die prys wat hy vir hulle kry. Die perde wat Tertius ingebreek het, se pryse skiet behoorlik die hoogte in, en Kobus pronk soos 'n pou. Vir beter kon hy nie gevra het nie.

Die bedrywighede op die plaas raak effens rustiger en Tersia vra of sy 'n paar dae verlof kan neem. Kobus gee die nodige toestemming.

Toe sy van die plaas af wegry, kry Kobus 'n benouing om sy hart wat hy glad nie kan verklaar nie.

Hy onttrek hom na sy kantoor en probeer die snaakse pyn in sy bors ontleed. Hy is 'n diep bekommerde man. Nog nooit in sy lewe het hy al ooit enige gevoelens vir 'n ander man gekoester nie, en nou het dit al verskeie kere gebeur dat hy 'snaakse gevoelens' teenoor Tertius koester. Hy klap op die lessenaar en is skoon naar vir homself.

Sy ma bring vir hom 'n koppie koffie en sy is duidelik nie haarself nie.

"Hoe lyk Ma so asof die honde jou kos afgeneem het?"

"Ai, my kind, hierdie Tertius-kêrel het sommer baie diep in my hart geklim en dit wil al vir my voel of hy nie weer gaan terugkom nie."

"Nou wat laat Ma so dink?"

"Ek weet nie, my kind, ek is maar net bekommerd. Daardie is darem maar 'n raakvat kêreltjie. Jy het nog nooit so 'n knaap hier gehad nie."

"Dis waar, Ma. Hy kan 'n dag se werk verrig, dis nou maar seker ... en hy ken perde. Magtig, om hom 'n perd te sien ry, is om sommer 'n trots in jou hart te voel." Skielik is die ou beklemming weer om sy hart. Hy krimp inmekaar en sy ma merk dit onmiddellik op.

"En nou, Boetie, dit lyk of jy 'n pyn iewers het. Wat steek jy vir my weg? Ek het nou al 'n paar keer gesien jy krimp so inmekaar van die pyn, presies soos nou."

"Ai, Ma, dis geen pyn nie. Ma verbeel jou maar net." Terwyl hy dit sê, trek die beklemming om sy hart nog stywer.

Sy ma kyk hom baie bekommerd aan. "Jy beter dokter toe gaan, Boetie. Dis nie goed om so aanhoudend pyne te kry nie."

"Ek makeer niks nie, Ma verbeel jou net," hou hy vol. As sy ma moet weet met watter soort gevoelens hy stoei, sal sy beslis 'n oorval kry.

5

Tersia laat haar voet dieper op die pedaal sak. Die verlange na haar mense is so fel dat dit byna 'n fisieke pyn veroorsaak. Sy het haar ma spesiaal laat weet om kerriekos te maak en in haar verbeelding kan sy dit al ruik.

Uiteindelik, styf en seer van die lang rit, hou sy voor die bekende hekke stil. En toe besef sy eers werklik hoeveel sy haar mense die afgelope tyd gemis het. Natuurlik geniet sy dit op die plaas tussen al die perde, en met 'n werkgewer wat geen eise stel nie – al is dié meestal stug. Maar om weer by die huis te wees, oorweldig haar tot so 'n mate dat sy trane in haar oë kry. Sy sien elke bekende dingetjie vandag vir die eerste maal werklik raak en adem die geur daarvan met diep teue in.

Sy weet haar ouers is nog nie tuis nie, maar gaan solank in en sit haar tas neer. Daarna soek sy vir ou Dina in die kombuis op en spontaan val hulle mekaar om die hals. Ou Dina huil onbeskaamd.

"Ai, liewe kind, ek was so bang jy het daar vir jou 'n man gaan vang en ons sien jou dalk nooit weer nie."

"Wat praat jy tog, Dina? Ek is dan die man op die plaas."

"Ai, ek verstaan dit nog nie so mooi nie. Jy het maer geword. Ek hoop jy kuier lank sodat ek jou weer bietjie kan voer," gesels sy in 'n poging om haar emosies onder beheer te kry.

"Net 'n week, Dina, dan is ek weer terug in die tuig. Maar dis lekker daar. Daar is so baie perde, ek kan elke dag op 'n ander een se rug ry as ek wil."

"Breek jy die perde in ook?" vra sy baie bekommerd.

"Natuurlik, Dina, dis my werk."

"Genade, ek weet nie waar jou ma jou gekry het nie. Jy is mos 'n meisie en 'n meisie moet haar soos een gedra, maar nee, jy gaan vang perde en breek hulle in. Wanneer maak daai goed jou seer, of wanneer val jy af en breek 'n been of 'n ding? Ag, asseblief, my kleinding, laat nou die speletjie staan en kom werk soos enige ander vrou in 'n kantoor of 'n ding," pleit sy onbeskaamd.

"Maar Dina, ek is nie 'enige ander vrou' nie, ek is 'n gekwalifiseerde veearts. Dis my werk en ek geniet dit baie. Hou nou op kla, en maak asseblief vir my 'n koppie koffie dat ek weer 'n slag kan proe hoe smaak my ma se koffie. Ek het regtig na julle verlang, weet jy dit?"

Sy gaan sit op die naaste stoel.

Dina betrag haar 'n oomblik met nou getrekte oë en skud haar kop. Dan maak sy koffie en trek 'n blik beskuit nader.

Hulle gesels oor ditjies en datjies totdat Tersia opspring en kamer toe hardloop om gou te stort en te verklee. Haar ouers sal nou enige oomblik tuis wees en sy wil nie onnodig tyd verspil nie.

Sy trek gou aan en sit voor die spieël om haar te grimeer. Dit voel so onwerklik om weer vroulik te wees, en sy besef dat sy daardie deel van haar lewe werklik mis. Om vrou te wees, mooi aan te trek en te grimeer en haar hare op te kikker is darem maar deel van haar menswees. En dit gee sy alles prys om haar liefde vir perde uit te leef.

So 'n klein stemmetjie karring weer hier diep binne haar. Is dit werklik die moeite werd? Ja, perde is haar groot liefde, maar is dit só belangrik sonder om ook vrou te wees? Maar sy kan nie haarself aan Kobus gaan uitlewer nie, hy sal haar summier in die pad steek, of sal hy dalk nie? Die stories doen die rondte dat hy nie veel ooghare het vir vroue nie, maar sedert sy daar aangekom het, het sy nog nie agtergekom dat daar waarheid in die stories steek nie.

Sy is so verdiep in hierdie morbiede gedagtes dat sy nooit die motor gehoor het nie, en skrik toe haar ouers aan haar kamerdeur klop. Sy spring so vinnig op dat die stoel omkantel.

"Mamma, Pappa, sjoe, dis lekker om julle weer te sien. Ek het so oneindig verlang." Sy nestel haarself in hulle omhelsing.

"Ai, meisiekind, ons het net so verlang en dis so lekker om te weet jy is weer hier in ons midde. Hoe lank bly jy, of het jy dalk genoeg geboer en is jy terug vir goed?" Haar vader se stem klink vol verwagting en dis byna seer om te antwoord.

"Nee, ek kuier vir 'n week, dan gaan ek terug. Hierdie gesoute perdeboer kan nie sy pligte verwaarloos nie."

Haar vader hoor die nuanse in haar stem. Hy lei af dat hoewel sy die werk geniet, haar verlange na hulle ook werklik is. Hy weet egter hoe onwrikbaar sy kan wees, daarom probeer hy nie eens om haar om te praat nie. Sy sal wel op haar eie tyd besluit om terug te kom, en miskien te trou en 'n normale vroulike lewe te lei.

Hy beskou haar op armlengte. "Gits, Liefie, as dit moontlik is, het jy nog mooier geword, jy het ook 'n bietjie bruiner geword."

"Ja, en maerder," voeg haar moeder by.

"Hoe lyk dit, my kind, is daar geen aantreklike boerseun daar nie?" vra haar vader plaerig.

"Agge nee, my ou man, sy kan nie daar ver gaan staan en trou nie, ek sal te veel na my kind verlang."

"Moenie bekommerd wees nie, moeder, daar is nie een enkele boer wat my hart vinniger laat klop nie. Hulle is almal 'n klomp suur klonte, en die wat oulik is, is al getroud met 'n hele string kinders. Maar, Mamsie, julle moet onthou ek het nie gaan man soek nie, ek het gaan boer, en al moet ek dit self sê, dink ek, ek het daardie boer se perde 'n graad opgeskuif. Hy het wonderlike pryse by die laaste vendusie gekry. Hy is nogal 'n snaakse entjie mens. Hy is meestal sonder rede so stug dat mens nie met hom kan huishou nie, en hy ontspan nooit. Dit lyk of hy vergeet het om te leef. Ek verstaan hom party dae glad nie. Ek moet sê, hy het 'n wonderlike stoetery. Hy het net in my opinie 'n baie swak teelhings. Ek kyk uit vir 'n beter een, maar hy is so trots op daardie hings van hom dat dit waarskynlik plaasmoles sal veroorsaak as ek dit sou waag om die hings te kritiseer. Verseker gaan ek hom nog wys op die hings se tekortkominge, ek wag net vir die regte geleentheid."

"Hokaai, Sus, jy kuier nou vir ons en ons wil nie hê jy moet jou vakansie om dink aan werk nie," vermaan haar vader laggend.

Die passie waarmee sy oor die perde praat, laat hom weereens besef hoe diep haar liefde vir die diere lê. Hy kan nie help om bekommerd te wees dat sy, ten spyte van haar geleerdheid, haar daar op die plaas gaan vestig nie.

"Nou toe, wanneer sien ek die res van die familie? Ek wil darem met almal kuier. Ek sal nie gou weer so 'n blaaskans kry nie. Ek moet dit so goed moontlik benut en my familie behoorlik moeg kuier."

"O nee, moeg sal jy hierdie familie nie kan kuier nie," praat haar broer, Karel, van die deur af.

Sy bespring hom asof sy 'n kat is en hang behoorlik aan hom. "Ai, Boetie, dis lekker om julle weer te sien. Nou waar is Elmarie dan?" vra sy teleurgesteld.

"Jy sal haar later sien, ek het sommer van die hof af hierlangs gekom. Mams, Paps, ons gaan eet vanaand almal saam daar by my huis sodat ons lekker kan kuier. Elmarie is al heeldag besig om Tersia se gunsteling geregte voor te berei," reageer hy skertsend na haar kant toe.

Net tóé stap Ruben ook by die deur in. "Ja, Kleinsus, gaan dit goed met jou? Magtie, maar jy het 'n groot nooi geword," terg hy en krap haar hare deurmekaar.

Ook Welma kom laggend nader en druk die klein skoonsus aan haar boesem.

Almal praat tegelyk en dan roep Tersia halt. "Ek kan niks hoor as julle so gelyktydig praat nie. Ek hoor ons eet by Karel en Elmarie vanaand."

"Ja, ek weet, en ons het 'n paar verrassings vir jou," sê Welma geheimsinnig.

"As daardie verrassing Jurie is, dan kom ek nie vanaand nie," reageer Tersia, en klink kwaaier as wat sy wou.

"Nee," antwoord Ruben en Welma gelyktydig, "ons sal dit nie aan jou doen nie."

"Nou wat is die verrassing dan?" vra sy angstig, soos 'n klein dogtertjie wat 'n pakkie gaan kry.

"Jy sal moet wag en sien," kom dit in 'n koor.

"O nè? Julle komplot teen my, ek sien!" Sy lag. Sy weet dat niks wat sy nou doen, hulle sal oorhaal om te verklap wat die verrassing is nie.

Hulle drink almal saam koffie voor haar broers vertrek en sy net met haar ouers kan kuier.

"Is dit darem vriendelike mense by wie jy bly en werk, my kind?"

"Mamma, hulle is eintlik wonderlike mense. Kobus se moeder, tant Nellie, is die dierbaarheid vanself. En baie bekommerd oor my, kloek soos 'n broeis hen al om my. Die perde se inbrekery was vir haar die gebeurtenis van die jaar. 'n Ieder en 'n elk wat kom kuier het, moes in detail hoor hoe ek 'n perd na my wil skik. Sy kook heerlike kos en het altyd die een of ander soetigheid in die kombuis."

Haar ma knik haar kop.

Tersia praat een strook voort. "'n Lieflike tante, en 'n deftige dame. Sy was seker in haar jong dae 'n baie gesogte vrou. Die boer, Kobus, nou ja, hoe sal ek sê? 'n Goeie werkgewer, maar soos ek vroeër genoem het, soms sonder rede so stroef soos kan kom, veral in die laaste tyd. Ek moet sê, hy is 'n goeie metodiese boer. Sy staljonge is 'n ouerige man, ou Adoons, en dié is vir my 'n groot steunpilaar. Hy ken perde ook baie goed en ek kan werklik sy woord in ag neem."

"Solank dié Kobus-ou jou nie sleg behandel nie," val haar vader haar gou in die rede, aangesien sy klets sonder om asem te skep.

"Hy het my nog nie een keer sleg behandel nie, Pappa." Die onderbreking gooi haar nie van spoor af nie, en sy gaan voort met haar vertelling.

"Die meeste van die boere in die omgewing het ook perde. Hulle is nou nie almal volskaalse perdeboere nie, maar perde is nogal 'n gewilde onderwerp vir geselskap daar rond. Maar nou genoeg van die boere," knip sy haarself kort.

"Ek wonder wat se verrassing my broers en hulle gades vir my beplan? Weet julle dalk, Mams, Paps?"

"Nee, my kind, jy sal maar moet wag en sien. Ons kan mos nou nie die kat uit die sak laat nie, dit gaan ons net in die moeilikheid bring," antwoord haar moeder.

"Ek gaan gou 'n paar hale swem," kondig sy aan en spring weg om te verklee.

Terwyl sy in die koel water baljaar, besef sy hoeveel sy prysgee deur voorman te speel. Hier kan sy lekker in die koel water van die swembad baljaar sonder enige kwelling, en dáár moet sy ten alle tye haar vrouwees onderdruk. Dan skud sy die gevoel van haar af. Die boerdery met die perde is tog wat sy wil doen.

Gestewel en gespoor in hulle beste skemerdrag daag die gesin later by Karel-hulle se huis op waar alles baie fyntjies gedek is en hy 'n skemerkelkie aan elkeen oorhandig.

Hulle gesels oor alles en nog wat, en dan word hulle nader geroep vir 'n smaaklike aandete. Daarna word hulle sitkamer toe gelok vir 'n likeur-drankie.

"Nou toe, wil jy nie hoor wat die verrassing is wat ons jou beloof het nie?" vra Welma toe almal rustig agteroor sit met hulle glase.

"Haai, ek het al byna vergeet daarvan. Ja, wat is dit? Nou brand ek van nuuskierigheid."

"Nee wat, Ruben, ons gaan haar nie inlig nie, sy is nie regtig nuuskierig nie, sy het skoon vergeet daarvan."

"Ek pleit skuldig," reageer sy ewe sedig. "Maar ek is regtig nuuskierig."

"Ons gaan ouers word in September later vanjaar, en dis 'n ou seuntjie," sê Welma opgewek.

Elmarie glimlag vrolik. "En ons gaan 'n dogtertjie hê teen Kersfees."

"Goeiste, maar dit is wonderlike nuus! Veels geluk, julle. En dink nou net, ek sit daar ver en kan nie daagliks in julle vreugde deel nie. Oe, maar dis wonderlike nuus. Die beste verrassing wat 'n kleinsus nog kan kry."

Sy spring op om albei pare behoorlik geluk te wens. Hierna draai die gesprek net om die nuwe verwagtinge. sonarfoto's word gewys en toe bespiegel sy oor moontlike name vir die nuwelinge.

Die aand eindig op 'n hoë noot, en almal vertrek lekker moeg, maar tevrede, na hul huise toe.

Die week is verby voor Tersia nog haar oë kon uitvee. Sy bel Kobus en vra of sy 'n paar dae langer kan vertoef. Sy noem egter nie dat daar 'n perdeskou die volgende dag is en dat sy dit graag wil bywoon nie. Sy is op soek na 'n geskikte teelhings vir sy stoetery, maar daardie inligting weerhou sy vir eers van hom.

Vroegdag is sy op pad en kom net betyds by die baan aan toe die perde in die skou arena gelei word.

Sy het 'n vrolik geblomde rokkie aan en haar geleende hare hang lossies om haar kop. Sy gaan sit op die paviljoen om beter te kan sien toe sy skielik die bekende gestalte van Kobus opmerk. Sy skrik haar lam. Met haar hart in haar keel besluit sy om hom te ignoreer en seker te maak dat sy nie in sy nabyheid praat nie, sodat hy nie dalk haar stem herken nie.

Kobus klim die paviljoen stadig op om ook 'n geskikte sitplek te kry toe sy oog dié van die swartkopdame s'n vang. Sy hand gaan in die lug om te groet, maar dan besef hy dat hy die kat aan die stert beet het, en dat hy die dame glad nie ken nie. Sy hand val slap langs sy sy.

Tersia voel hoe haar hart wild in haar bors rondspring. Sy moet ten alle koste verhoed dat hy uitvind sy is in werklikheid 'n vrou. Uiterlik vertoon sy so kalm dat niemand sal kan raai dat Kobus so pas haar dag bederf het met sy teenwoordigheid nie. Sy sal hom net moet vermy, dis al.

'n Paar ure later slenter sy doodluiters na die naaste kosstalletjie om iets te ete te bekom, toe iemand skielik teen haar skouer stamp.

"Ekskuus," sê die man.

Haar hart mis 'n slag toe sy sien dit is Kobus. Sonder om te reageer, kyk sy hom eers met misnoeë aan en stap dan heupswaaiend weg.

Kobus is verward. In die duister tas hy rond oor waar hy hierdie gesiggie al gesien het. Iets is baie bekend aan die stappie en die lyfie, maar hy kan nie sy vinger daarop lê nie. 'n Benouenis pak hom beet en hy weet hy moet hierdie nooientjie ontmoet. Hy moet net!

Maar toe hy begin soek, het sy in die niet verdwyn. Hoe hy ook al rondkyk en verneem by die staljongens, kry hy haar nie opgespoor nie. Blykbaar het almal die mooi, jong vrou met die swart hare en blommetjiesrok gesien, maar niemand kan hom enige verdere inligting verskaf nie.

Nog meer verward as vroeër, val hy in die pad huis toe, aangesien die skou skielik sy glorie vir hom verloor het.

Hoe hard hy ook al dink, hy kan net nie die punte bymekaar bring nie. Dit voel vir hom of hy die dame ken, en dan weer besef hy dat hy haar nog nooit ontmoet het nie, maar hy weet intuïtief dat hy haar wil ontmoet en leer ken.

Hierdie vreemde meisie doen iets aan hom, aan sy selfvertroue, aan sy menswees. Hy kan nie help om te wonder waarom 'n vreemdeling hierdie uitwerking op hom het nie... Nog nooit het hy enigsins só oor 'n vrou gevoel nie. Nie eers oor Erika of Janet nie. Hulle het wel 'n opwinding in hom veroorsaak, maar niks in vergelyking met hoe hy oor dié dametjie voel nie.

En dan spring Tertius se gesig voor hom op, en hy is nog meer oorstuur, want dieselfde gevoel wat hy teenoor die vreemde meisie ervaar, stroom skielik deur sy are.

Hy is so verward, hy voel eintlik lus om by 'n kroeg in te stap en net te drink en te drink tot vergetelheid hom oorstroom.

Gelukkig is daar nie 'n kroeg hier op die snelweg waar hy teen 'n gevaarlike spoed voort stu nie. Die werklikheid van 'n polisiebeampte wat voor hom inspring, ruk hom tot die hede terug en hy slaan so hard rem aan dat hy byna beheer oor die voertuig verloor. Slegs met die uiterste inspanning behou hy sy selfbeheersing. Nog nooit is hy vir enige oortreding van padreëls beboet nie, en nou dit!

Hy sien in sy geestesoog 'n tronksel en 'n opgeskorte rybewys, maar die vriendelike beampte vermaan hom net om versigtig te ry aangesien daar 'n grusame ongeluk voor in die pad gebeur het, en die toneel is nog nie opgeruim nie.

Hy is nou weer paraat en skenk sy volle aandag aan die pad. Hy grinnik vir homself. Dat 'n vreemde gesiggie byna 'n katastrofe in sy lewe veroorsaak het. Skielik dans haar pragtige oë weer voor hom en hy sien die intense belangstelling op haar gesig terwyl sy na die spog diere kyk, asof sy van niks en niemand rondom haar bewus is nie...

Hy ruk homself met geweld terug tot die hede en spits sy aandag toe op die verkeer wat teen 'n slakkepas verby die ongelukstoneel beweeg.

Intussen het Tersia haar motor se neus huiswaarts gekeer en bid net dat Kobus nie haar motor opgemerk het nie. Hoe dom was sy om met haar eie motor te ry. Genade, maar wie het gedink dat hy nou juis na hierdie perdeskou sou kom?

Sy ry vir 'n lang ruk in stilte en wonder oor die toeval wat so ongevraagd op haar pad kom lê het. Sy wou graag met 'n paar van die perdeboere gesels en uitgevis het of een van hulle 'n goeie teelhings het, en nou het Kobus haar planne in die wiele gery.

Sy kom heelwat later terug by die huis en voel skoon onvergenoegd.

Dina gesels vrolik, maar sy kan nie werklik tot die gesprek bydra nie. Sy kan hierdie rustelose, ontevrede gevoel in haar binneste net nie afgeskud kry nie. Sy is weereens kwaad omdat Kobus haar kanse vandag bederf het. Sy was mooi ingestel vir die skou en nou het alles skipbreuk gelei. Uit pure frustrasie skop sy teen die stoelpoot.

Dina skrik haar boeglam. "En nou, kind, wat pla? Jy lyk heeltemal oorstuur."

"Ek is na daardie perdeskou toe omdat ek na 'n goeie hings soek, maar toe kom die boer ook daar aan. En, onthou, hy weet nie dat ek 'n vrou is nie. Toe laat ek maar spaander. Man, ek is weer van voor af kwaad. Hoekom het hy nie soos 'n goeie boer by die huis gebly nie?" Sy klink byna desperaat.

"Of soos 'n goeie boer kom soek het na 'n beter hings?" troef Dina haar.

"Gits, Dina, dink jy hy besef ook dat hy nie regtig 'n uitsoek hings het nie?" Haar frustrasies drup van haar af soos water wanneer sy geswem het, en dan voeg sy ook die daad by die gedagte. Sy spring weg met 'n "ek gaan gou ghoef" en hardloop na haar kamer.

Binne 'n rekordtyd is sy in die swembad waar sy haal na haal met spoed en krag swem.

Dina kyk haar met 'n fyn glimlaggie agterna en staan dan deur die glasdeur en kyk hoe sy die water met mening sny. Hoe heerlik om haar weer tuis te hê, dink sy en draai dan heupswaaiend om, om koeldrank te gaan skink en vir hierdie sonstraaltjie van haar te neem.

Die water koel haar onstuimige gemoed ten volle af en toe sy op die tuinbankie sit en teug aan haar glas lemoensap, drink sy die natuur en die tuiswees ook ten volle in.

Sy gesels met Dina oor die tuin en oor die natuur. Uiteraard kom Verbeeck Boerdery se tuin ook ter sprake.

"Daardie tant Nellie is werklik 'n vrou met groen vingers. Jy moet haar blomtuin en haar groentetuin sien! Jy sal nie glo hoe lowergroen dit alles is nie. En sy het net 'n bejaarde tuinwerker tot haar beskikking. Maar sy is 'n uiters vlytige vrou. Haar kos is altyd baie keurig voorberei. Sy is geensins opgesmuk nie, maar 'n regte dame. Ek wens ek kon haar saambring en aan Mams voorstel. Hulle sou darem maar land en sand kon gesels. Sy is 'n baie fyn opgevoede vrou. Ek wonder of sy ook 'n universitêre opleiding het, want sy is baie wel belese en weet hoe om aan te trek sonder om opgesmuk te lyk. Haar taalgebruik is ook baie suiwer. Selfs Kobus is 'n opgevoede mens, al kan hy soms stroef en befoeterd wees. Baie ordentlike mense, soos oupa sou sê."

Dina lag maar net, en knik haar kop plegtig.

"Maar wag, ek sal so stadigaan my goedjies moet begin agtermekaar kry, want môre moet ek weer in die pad val plaas toe. Dina, jy moet net die honde sien. Goeiste, dis seker die grootste honde wat ek nog gesien het, maar so lieftallig. Ek dink hulle sal my kan beskerm teen enigiets of enigiemand. Hulle is heeltemal dol oor my. As ek gaan perdry, is hulle saam met my, het vrede met enigiemand anders. As ek die perde in die buitekampe gaan aankeer, is hulle saam met my daar en help net so hard. En die perde is nogal nie hardekwas met hulle nie. Ek was aanvanklik bang dat hulle geskop sou word, maar hulle is altyd op hulle hoede," babbel sy voort.

Dit is baie duidelik vir Dina dat die plaas en sy diere reeds diep in haar hart gekruip het, en net vir 'n oomblik wonder sy oor die boer. Sit hy dalk ook op die randjie van haar hart sonder dat sy dit besef? Gaan dit dalk beteken dat hulle haar daar in die verte gaan verloor?

Haar sus, Maryna, bel uit Frankryk en gesels sonder ophou oor die vreemde liefde van haar kleinsus. Dan dwaal haar gesprek na die wonder van Parys en die modehuise. Dit word 'n wonderlike telefoonkuier en toe hulle uiteindelik aflui, is Tersia heel bewoë omdat sy nie vir Maryna in lewende lywe kon sien nie.

Sy besluit op die ingewing van die oomblik om 'n paar inkopies vir die nuwe aankomelinge te gaan doen. Daarna gaan kuier sy eers by die een broer en toe by die ander.

Die nuwe kleertjies word met bewondering en teerheid bejeën en toe is dit tyd om te groet.

Tuis is die ete feitlik gereed en na ete is dit asof die gesprek nie regtig aan die gang kan kom nie. Almal is oorbewus van die feit dat sy weer die volgende dag die lang pad gaan aandurf. En dalk hierdie keer nog langer gaan wegbly voor sy weer 'n geleentheid tot 'n kuier sal hê.

'n Opgewondenheid oorval haar toe sy in die bed lê, en sy begin die ure aftel tot sy weer op die plaas en tussen die perde en die honde sal wees.

6

Sy sing hartlik op maat van haar motor se wiele op die pad, terwyl die wind nie regtig vatplek aan die kort geskeerde hare kan kry deur die oop ruit nie.

Sy vorder vinniger as wat sy beplan het, maar verontagsaam nie die spoedgrens nie, en kom ook heelwat vroeër as wat sy gedink het by Verbeeck Boerdery aan.

Sy en haar familie is 'n hegte gesin en sy het gedink haar tuiskoms 'n bietjie meer as 'n week gelede was salig, maar die gevoel wat sy ondervind toe sy die plaaswerf binnery, is onbeskryflik. Dit voel behoorlik of sy 'tuis' gekom het.

Die honde is dadelik by en uitbundig bly om haar te sien. Hulle spring haar byna onderstebo, sy moet net keer vir al wat sy werd is.

Dan is Adoons ook daar. Sy kry die gevoel dat hy so bly is om haar te sien dat hy haar sou omhels as hy genoeg moed gehad het. Die gevoel toe hulle mekaar groet, is wederkerig.

"Ai, maar ek is bly jy is weer terug. Nee, die plaas is nie dieselfde sonder jou nie. Selfs Bismarck het getreur."

"Hoe bedoel jy 'getreur'? Is hy siek of iets?" vra sy benoud.

"Nee, hy is springlewendig, maar ek sweer hy het jou ook gemis," antwoord hy vinnig.

Sy klop Adoons op die skouer en kry weer die gevoel dat sy 'tuis' gekom het.

Nog voor sy die stoeptrappies betree, is tant Nellie daar en sit sommer spontaan haar arms om haar skouers. Sy kon sweer die tante pink 'n traan.

"Welkom, kindjie. Mag, maar ek is bly jy is weer hier. Ek moet bieg, ek was bang jy kom nie weer terug nie."

"Nou hoe so, Tante, wat sal my nou wegjaag van die plaas af?" vra sy half onthuts.

"Nee, kindjie, dis sommer ouvrou gevoelens. Maar ek is bly jy is terug. Niks was dieselfde toe jy weg was nie. Gaan bêre jou tas en kom drink koffie."

"Tante, ek wil net gou gaan kyk wat makeer Bismarck, Adoons sê hy is nie homself nie, daarna sal ek kom koffie drink. Baie dankie."

"Man, Bismarck makeer niks nie, Adoons verbeel hom. Kom, drink koffie."

Sy ontduik die ou dame toe dié terugdraai kombuis toe om koffie te gaan skink. Sy draf haastig stalle toe om gou na Bismarck te gaan kyk, maar hy is die gesondheid vanself. Trots en fier staan hy haar grootogig en aankyk. Dit is byna asof sy teleurgesteld is, want sy sou graag 'n drama wou hê met haar terugkeer ... maar helaas, alles het glad verloop met die boerdery terwyl sy weg was. Geen moeilikheid.

Sy keer terug huis toe vir die beloofde koffie en was net besig om heerlik met die tante te gesels toe Kobus by die deur instap.

"Ek sien jy is darem hierdie keer betyds." Hy is dadelik spyt oor sy byterigheid. Hy draai in sy spore om en gaan na sy kantoor waar hy misnoegd in die stoel neersak. Vir die hoeveelste maal betig hy homself oor sy norse en onvriendelike gedrag.

Tersia het die stekie deeglik gevoel, maar het besluit om nie terug te kap nie, daarom gesels sy met die tante voort asof niks gebeur het nie.

Daarna draf sy na haar kamer om haar tas uit te pak sodat sy betyds terug kan wees vir aandete.

Daar heers 'n gemoedelike stemming aan tafel en almal sit lekker en gesels, en tant Nellie verneem na die familie.

Sy vertel geesdriftig van die nuwe aankomelinge wat op pad is, maar wei nie te veel uit oor die kort vakansie nie. Sy meld wel dat sy lekker gekuier het en uitsien na die volgende skof hier op die plaas.

Hierna verdaag almal vir 'n goeie nagrus.

Kobus maak sy kamerdeur toe. Hy het Tertius tydens ete fyn dopgehou en het agtergekom dat hy nie graag oor sy familie praat nie. Dit het hom weer agterdogtig gemaak oor hierdie fyngeboude outjie met die wêreldse kennis van perde, maar geleidelik het hy ontspan en was dit 'n genoeglike aand. Hy is bly Tertius is terug op die plaas en hy sien eintlik uit na môre.

Hulle bespreek vroegoggend alles wat gebeur het terwyl Tersia afwesig was. Kobus vertel van 'n perdeskou wat hy bygewoon het, maar dat hy niks daar gevind het wat hom opgewonde gestem het nie.

"O, ek is jammer ek het nie van die skou geweet nie, anders kon ek ook gaan kyk het," lieg sy vlotweg.

"Ag, daar was regtig niks wat 'n mens opgewonde kon maak nie," antwoord hy gewoonweg en sien weer vlugtig die meisie met die mooi, lang, swart hare voor sy geestesoog, soos sy van die paviljoen afloop. Hy wonder weereens wie sy kon wees, en vir 'n wyle dwaal sy gedagtes weg.

"Nou toe, is die baas verlief dat hy nie eens hoor wat ek sê nie, en sy oë op so 'n snaakse manier blink?" bring sy hom terug na die hede.

Hy skrik effens vir Tertius se waarneming, maar ruk homself gou-gou reg. "Jy het eenmaal genoem dat ons nuwe bloedlyne moet inkry. Ek het goed nagedink oor jou voorstel, en hoewel ek my vingers al op 'n vorige keer verbrand het deur meer as een teelhings te hê, is ek bereid om dit weer 'n kans te gee. Maar ek wil nie my hele stoet onderwerp aan die nuwe bloedlyne nie."

"Nee, ek glo ook nie jy moet dit doen nie."

"So, waar kry ek goeie, nuwe teelhingste?" Aangesien dit Tertius se voorstel was, wil hy hoor watter boere se perde die knaap in gedagte het.

"Ek weet in die Oos-Kaap is daar 'n perdeteler met uitstekende perde. Ons kan seker daarna gaan kyk as jy wil, en dan 'n besluit neem. Ek weet hy het sowat drie bloedlyne in sy stoetery, ons kan seker ook so iets probeer. Of hoe dink jy?"

Sy is opgewonde oor die vooruitsig om Bismarck se oorheersing op die plaas aan bande te lê. Alhoewel, sy moet erken sy het nog nie opgemerk dat sy afstammelinge enige afwykings of tekortkominge toon nie...

"Nou goed, ek sal uitvind waar dit is en hom 'n luitjie gee en 'n afspraak maak," onderbreek hy haar gedagtegang.

"Ek het sy nommer iewers, ek sal dit soek en vir jou gee, asook die padaanwysing na sy plaas. Ons sou een tyd daar gaan besoek aflê het, maar het toe nooit daarby uitgekom nie," sê sy bedees.

"Hoera!" skree sy opgewek in haar gedagtes toe sy by sy kantoor uitloop. *"Uiteindelik!"* Sy trippel vinnig weg na haar kwartiere om die telefoonnommer te soek.

Tant Nellie is skoon oorbluf waar sy besig is om vensters oop te maak. "Wat sou hom so opgewonde maak? Gmf, ek het hom nog nooit so uitbundig gesien nie," praat sy glimlaggend met haarself. "Nou ja, 'n goeie verstandhouding tussen hulle twee kan net goeie vrugte afwerp."

Tersia kry die kontaknommer en ander besonderhede redelik vinnig, maar besluit om dit eers die volgende dag aan Kobus te gee.

Rustig stap sy weer uit buite toe en gaan maak 'n draai by Bismarck se kraal. Sy kyk hom met skrefies oë aan.

"Hmm, jou superioriteit hier rond gaan dalk straks kortgeknip word. Jy is nie die naam van stoethings werd nie, en jy weet dit," praat sy vermakerig met die perd.

Kobus hou haar dop, steeds nie seker waarom sy nie vir Bismarck so hoog aanskryf as wat hy en die perd se stamboom op papier dit doen nie. Hy sal haar wel die een of ander tyd daaroor pols. Hy kyk haar kopskuddend agterna terwyl sy wegstap.

Ongenooid spring die gestalte van die dame wat by die perdeskou was weer voor sy verbeeldingsgesig. Vir die soveelste maal wonder hy waarom sy so 'n houvas op sy gedagtegang het. Die begeerte om uit te vind wie sy is, en om haar beter te leer ken, wel weer dringend in hom op.

Hy skud sy kop en stap stadigaan na die huis waar hy weet aandete haas gereed sal wees.

Op pad na Taute Stoetery naby Mount Frere, gesels Kobus en Tertius gemoedelik.

"Ken jy die boer en sy perde?" vra Kobus.

"Nog nooit daar gewees nie. Ons sou op 'n keer soontoe gegaan het, ek en my oupa, maar iets het voorgeval, ek kan nie meer onthou wat nie. Soos ek verstaan, het hierdie man 'n baie mooi stoet. Ek is nogal nuuskierig om uit te vind hoe sy perde lyk, en natuurlik sy hele boerdery. Dis altyd interessant om te sien hoe mense verskillend dog eenders boer. Elke mens druk mos sy eie identiteit af op sy boerdery."

Kobus lag. "Oukei, ek hoor wat jy sê, so, hoe sou jy my boerdery behartig as dit joune was?"

"Wel, ek is nie seker nie, maar ek glo dat ek dit nogal baie op jou styl sou doen. Daar is vryheid vir die diere en tog ook geleentheid vir elkeen om sy besondere karakter uit te leef. So het ons verskille in 'n eenheid. Dit maak net 'n mens se boerdery sterker."

"Ek is bly dat jy my metodes goedkeur. Maar Bismarck bly nogal vir my 'n raaisel. Dis seker die hings met die langste stamboom suid van die Sahara, maar jy hou nie van hom nie. Hoekom nie, vertel my, asseblief?"

"Goeiste, wat laat jou dink dat ek nie van Bismarck hou nie? O nee, daar is jy verkeerd. Hy is net te meerderwaardig en het lankal goeie kompetisie nodig," antwoord sy ontwykend. Sy weier nog steeds om 'n duik te maak in die hoë dink wat hy van Bismarck het. Tyd sal hom leer om self die dinge raak te sien. Sy oë sal nog oopgaan sodra die nuwe hings se vullens uitblink.

'n Ongemaklike stilte val tussen hulle en al wat hoorbaar is, is die geluid van die bande op die teer.

"Dit lyk of ons nou baie naby is," verbreek Tertius die stilte. "Volgens hierdie kaart moet ons nou sowat twaalf-dertien kilometer van sy plaas af wees."

"Ja," sug Kobus. "Ek hoop sy perdestoetery is so indrukwekkend as wat die advertensie dit stel."

"Ja, dit sal ons maar moet sien."

Minute later is die afdraai voor hulle. In stilte ry hulle by die rylaan op, tot voor die imposante woning. 'n Paar honde kom blaffend en stertswaaiend aangehardloop, met die boer kort op hulle hakke. Groot en bonkige man met 'n weglê snor en 'n pyp in die mond.

"Dagsê manne," groet hy joviaal. "Ek is Willem Taute. Baie welkom op my plaas. Hoop julle het voorspoedig gery?"

"Baie dankie, ons het. Ek is Kobus Verbeeck en dié is my regterhand op die plaas, Tertius Vermeulen."

Willem kyk Tertius op en af. Hy kan nie glo dat so 'n tingerige mannetjie die regterhand op 'n perdestoetery kan wees nie. In sy enigheid wonder hy of die knaap ooit kan perdry. *Ja-nee,* dink hy, *hulle gaan almal universiteit toe om die boekgeleerdheid te kry, maar dan beteken hulle nie veel in die praktyk nie. Ons sal maar moet sien wat dié outjie weet...'*

"Kom vriende, kom ons gaan drink eers koffie en dan kan ons oor julle besoek gesels. Ek het die paar jong hingste wat ek vanjaar van die hand wil sit in 'n kamp hier agter die huis. Maar staan nader," nooi hy baie vriendelik. "Ontmoet my vrou, Mercia, en dis Kobus Verbeeck en Tertius Vermeulen," stel hy die besoekers aan sy vrou bekend.

Mercia bekyk die jongman aandagtig en is byna oortuig dat sy hom al iewers gesien het, maar kan hom nie heeltemal plaas nie.

Tersia herken Mercia dadelik, en bid benoud dat sy haar nie ook herken en uitblaker wie sy werklik is nie. Sy probeer egter so gemaklik as moontlik voorkom om nie agterdog te wek nie.

Mercia laat die saak daar en konsentreer om so gasvry moontlik te wees. Nadat hulle koffie gedrink het, verdaag hulle na waar die jong hingste gehuisves word.

Tersia se hartkloppings bedaar geleidelik terwyl hulle na die kamp beweeg. Dit sou nou in 'n debakel ontaard het as Mercia haar herken het of genoem het dat sy bekend lyk. Hulle was saam op universiteit tydens hul eerstejaar. Daarna het Mercia van studierigting verander en het hulle mekaar nie weer gesien nie. Sy het nie geweet Mercia het met Willem Taute getrou nie. Hy is soveel ouer as sy.

By die kamp kyk sy die eerste drie jong hingste goed deur, maar kan net nie opgewonde raak oor enigeen van hulle nie. Ook by die tweede kamp is daar niks wat haar belangstelling sodanig prikkel nie. Sy vra uiteindelik of daar nie dalk ander jong hingste is nie.

Half onwillig neem Willem hulle na 'n ander kamp waar daar ook drie perde is, maar verduidelik dat hulle nie te koop is nie.

Tersia kyk na die perde met 'n kennersoog en besluit dat die middelste hings juis dit is waarna sy soek. Die oë is groot en rond en goed in verhouding met die grootte van die kop. Hy kyk haar fier aan en sy kry die gevoel dat hy 'n elektriese straal na haar uitstraal om oogkontak te kry. Ook die neusvleuels werk effens oortyd maar die hings toon geen senuagtigheid nie, meer 'n ferme trotsheid. Hy kap liggies met sy regterpoot op die grond en sy merk dat hy elke keer op dieselfde plek kap en dit maak haar opgewonde. Sy spiere tril liggies oor sy liggaam en die boude is netjies gerond en sy stert hang met 'n trotse boog weg van die liggaam. Hy piets liggies met die stert heen en weer, maar ook dit verraai geen senuagtigheid nie. Die ander twee perde is duidelik baie ongemaklik in die teenwoordigheid van die vreemdelinge.

"Wat prys die een in die middel?" vra sy sonder om haar oë van die perd af te neem.

"Jammer, meneer Vermeulen, maar ek wil hom nie verkoop nie."

"Noem jou prys, my liewe vriend, want dis die hings wat ons wil hê," sê sy en weer hou sy die hings dop. Dié is blykbaar deur haar gefassineer en hou haar ongestoord dop.

"Maar ek het die beste aan julle gewys om van uit te soek," antwoord hy ietwat verslae, met die besef dat die jongman beslis kwaliteit kan waardeer.

"Ja, maar jou beste is nie goed genoeg vir ons nie, meneer Taute. Ons sou graag hierdie tweede beste van u wil koop," hou sy vol en lê ekstra klem op die woorde 'tweede beste'.

Willem verskuif sy breë rand hoed so bietjie agtertoe op sy kop en steek weer die pyp in sy mond. Hy trap op die onderste sport van die kraalmuur en maak keelskoon om tyd te wen. Hy is getroef en hy weet nie hoe om hom hier uit te wurm nie. "Wel... Uhm... Ek wil..."

"...hom nou nie juis verkoop nie," val sy hom ru in die rede. "So het u reeds gesê. Ons het ver gekom en ons stel belang in hierdie jong hings en al wat u moet doen, is om ons 'n prys te gee sodat ons hom kan laai en in die pad kan val."

Kobus het tot dusver niks gesê nie. Hy luister geamuseerd na die woordestryd tussen die twee mans.

Willem Taute beskou dit as 'n vernederende handeling en probeer die jong 'handlanger' afjak.

"Ek het mos reeds verduidelik dat die perd nie te koop is nie. Wat bodder jy so? Meneer Verbeeck het nog niks gesê nie en dis seker hý wat die tjek gaan uitskryf?" Duidelik is hy omgekrap.

"Ja, vriend, ek is die een wat die tjek gaan uitskryf, maar ek het ook nie sin aan daardie ander jong hingste nie. Hierdie een fassineer my, en ek sou hom graag wou koop. Maar ..."

Tersia val hom in die rede. "Nee, daar is nie 'n maar nie! Meneer Taute, u moet nou besluit of u die perd aan ons gaan verkoop en of ons die lang pad verniet aangepak het."

Sy fluit saggies vir die hings en haar hele houding nooi hom uit om na haar toe te kom. Hy bly maar baie huiwerig en kap weer met sy voorpoot op die grond. Dit wil voorkom of hy wel na haar toe wil kom, maar nie te voorbarig wil wees nie. Hy proes liggies en kap weer met sy voorpoot op die grond. Sy hele houding getuig van aristokrasie en trots. Tersia se hart klop wild in haar borskas by die aanskoue van soveel waardigheid, en sy besluit dat sy die perd ten alle koste wil hê.

"Kom ons stap huis toe, dan gesels ons verder," nooi Willem Taute nou 'n bietjie meer toegeeflik.

Kobus en Tersia beskou dit as bemoedigend en stap flink langs hom terug.

Na nog 'n koppie koffie nooi Willem hulle na sy studeerkamer en dan noem hy 'n buitensporige bedrag wat hy vir die hings wil hê. Hy het intussen tot die besef gekom dat hy vandag dalk 'n slag kan slaan.

Tersia skrik haar boeglam toe sy die bedrag hoor, maar behou haar teenwoordigheid van gees. "Miskien is die hings dit vir u werd, maar ons het nie gekom om sommer met een perd u begroting te laat klop nie. Nee, meneer Taute, wees redelik en gee ons 'n beter markverwante prys. Ons sal graag hierdie hings van u wil neem, maar beslis nie teen 'n onbillike prys nie."

"Meneer Vermeulen, soos ek reeds gesê het, is hy nie regtig te koop nie. Maar nou dring u aan om hom te koop, so dit stel my in die posisie om my prys te maak," antwoord Willem nou baie meer op sy gemak. Hy voel dat hy die troefkaart in sy hande het.

Tersia knik haar kop. "Ja, dit is so, u het seker die reg om u prys te maak, maar ons soek asseblief hierdie jong hings en is selfs bereid om een van sy vullens aan u terug te gee. U weet tog seker hoe lyk

91

die Verbeeck stoet? U sal trots wees om 'n nuwe jong hings te kry wat afstam uit hierdie hings van u en een van die Verbeeck merries."

Dit het Willem nie verwag nie, en besef dat hierdie jongman meer weet van diplomasie as hyself. Teen dié logika is hy nie bestand nie en noem 'n baie meer mededingende prys met die voorwaarde dat hy een van dié hings se hingsies terugkry. Hulle kom tot 'n vergelyk, daarna betaal Kobus die man, en al die dokumentasie rakende die hings se stamboom word oorhandig.

Tevrede met die transaksie gaan hulle uit om die jong hings te laai. "Sy naam is Thunder," sê Willem.

Thunder is redelik halsstarrig en wil nie sommer in die perdetreiler ingaan nie, maar Tersia se oorredingsvermoë is baie sterker as die perd se wil. Sy bied hom baie versigtig 'n suikerklontjie aan, maar hy hap byna haar hand raak, en sy weet dat sy die eerste rondte teen die perd gewen het.

"Is hy reeds ingebreek?" vra sy net voor hulle groet.

"Ja, hy is, maar hy is nog jonk in die saal en jy moet maar bedag wees op enige streke," antwoord Willem.

Hulle groet oor en weer, vra dan vir Willem om sy vrou te bedank vir die koffie en val in die pad.

7

"Nou wat op aarde het jou besiel om sommer namens my 'n afstammeling van die hings aan Taute te offer? Magtig man, ek is nog die boer, die eienaar, en jy het nie die reg gehad om so 'n aanbod te maak nie." Kobus is so omgekrap hy kan slange vang. As dit nie was dat dit teen sy beginsels ingedruis het om sy voorman tydens 'n onderhandeling te ondermyn nie, sou hy sowaar kapsie aangeteken het daar in Willem se teenwoordigheid al.

"Dit het die gewenste uitwerking gehad, jy kan nie stry nie," antwoord Tersia koel. "Onthou ook die eerste aanteel is nooit die beste nie, en ons sal hom die hings se eersteling laat kry."

"O nee, hy sal 'n behoorlike kwaliteit hings kry en nie 'n afskeep een nie. Verstaan ons mekaar? En sowaar, ek neem jou nie weer saam nie. Jy is gans te voor op die wa om sommer besluite namens my te neem." Hy bewe van woede en kan gerus hierdie jongman langs hom afransel.

"Ek is jammer as my taktiek nie vir jou aanvaarbaar was nie, maar ek het gevoel dat ons hierdie hings moes kry. Dis 'n spog dier en kan ons stoet net komplementeer," gooi sy wal.

Vir 'n wyle is daar 'n gespanne stilte in die viertrekbakkie.

"Nogtans, ek hou nie van jou taktiek nie, dis afpersing om die minste daarvan te sê, en ek doen nie so besigheid nie. My saketransaksies moet skoon wees, ek wil die vrymoedigheid hê om weer terug te gaan na 'n man toe. En na dié boer kan ek nie weer teruggaan nie," hy is minder stroef maar nog kwaad.

"Inteendeel, ek sou sê ons paadjie is oop na dié boer toe in die toekoms. Hy sal minder aggressief wees en ons die kroon van sy stoet wys, want hy't gesien ons is nie met tweede beste tevrede nie. Hy sal nou die vrymoedigheid hê om vir ons te kom kuier en homself kom vergewis van die kwaliteit op jou plaas. Ek dink dit was die regte taktiek. Met sommige mense moet 'n mens nie kruip nie. En hierdie ou hou van mense wat hulle man kan staan," antwoord sy parmantig.

Tertius is nogal reg in sy opsomming van die boer, dink Kobus by homself, maar sal dit nooit erken nie, dus bly hy maar eerder stil.

Die rit verloop sonder enige verdere meningsverskille en hulle kom laatmiddag moeg en warm by die huis. Die nuwe hings word eerste afgelaai en in sy eie kamp gejaag.

Tersia bestudeer sy papiere en besluit dat die naam 'Thunder' definitief by hom pas. Hy sal hierdie plaas op sy sy omkeer en die beste vullens lewer wat daar te lewer is. Sy is so opgewonde soos 'n kind met 'n nuwe speelding. Sy bekyk hom van naby en kan byna nie by die kraal wegkom nie. Sy wens dit is al oggend sodat sy hom kan inbreek en uit haar hand laat eet. Sy is 'n bietjie versigtig om sommer by hom in die kraal in te loop.

Kobus bekyk haar deur skrefies oë en net toe dit lyk of sy by die hings wil ingaan, keer hy. "O nee, jy gaan nie daar in nie. Hy is moeg en gefrustreerd met die lang rit agter die blad, hy moet kans kry om te rus. Ek sal hom self inbreek. Het jy my gehoor?" vra hy met nadruk.

Sy kyk hom uit die hoogte aan en stap dan weg huis toe om te gaan stort voor ete. *Hierdie perd sal jy nie inbreek nie, boetie,* praat sy met haarself. *Dis my perd en ek sal hom uit my hand laat eet,* en sy stamp met haar voet op die grond.

Sy voel taamlik moeg en maak verskoning kort na ete. 'n Ete waar die gesprek totaal deur die nuwe aankomeling oorheers was. Die tante wou tot in die fynste besonderhede alles weet, en Kobus het sover moontlik vertel. Sy, wat Tersia is, het weinig tot die geselskap bygedra. Kobus het glad nie uitgewei oor haar oorredings-taktiek nie. Gelukkig weet die tante ook nie van beter nie, en was tevrede dat die aankope van die hings baie vlot verloop het. Sy het hul albei gelukgewens, al het sy nog nie die dier gesien nie, maar sy vertrou volkome op hulle oordeel. Daar was selfs 'n glasie port op die hings geklink.

Sy slaap uiters onrustig en is kort-kort in 'n verbete stryd met Thunder gewikkel om hom in te breek. Op een stadium wou hy haar afgooi, maar met die grootste inspanning het sy darem op sy rug gebly. En dan, toe sy dink sy moet maar die stryd gewonne gee, kom Thunder en druk sy neus so hard in haar ribbes dat sy byna struikel. Hy vroetel rond om 'n suikerklontjie in die hande te kry...

Sy skrik natgesweet wakker en is selfs lyfseer van die middernagtelike nagmerrie.

Teen ligdag is sy op en uit die vere. Sy kry Thunder waar hy rustig aan sy hooi knabbel. Sy stap direk na hom toe en streel hom teen die nek. Hy is 'n bietjie onseker van die vreemdeling by hom en proes liggies en retireer agteruit. Haar aandag is ten volle op die perd se volgende beweging gerig, en skrik haar boeglam toe Kobus skielik van die hek af praat.

"Ek het jou uitdruklik belet om by die hings in die kraal te kom. Magtig, kan jy nie bevele gehoorsaam nie? Sê nou hy skop of byt jou? Onthou, hy is vreemd. Hoekom gee jy hom nie 'n paar dae kans om aan jou gewoond te raak nie? Jy moet soms my bevele gehoorsaam. Ons gaan nog baie koppe stamp oor jou eiesinnigheid en astrantheid. Wat wil jy bewys? Kom nou dadelik daaruit en jy mag nie weer in sy kamp kom nie. Het jy my mooi gehoor? Volgende keer dank ek jou af. En dis nie 'n ydele dreigement nie." Hy is so kwaad dat hy gerus die mannetjie voor hom 'n opstopper kan gee.

"Het jy my gehoor?!" skree hy, draai dan summier om en stap met lang treë na sy kantoor waar hy die deur hard toeslaan.

Sy kom skoorvoetend nader en wou wegswenk na haar kwartiere, maar tant Nellie het Kobus se bulderende stem gehoor en kom uit om te hoor wat aangaan.

Sy keer 'n verslae Tertius voor, maar dié skud net sy kop en druk verby haar.

Tersia strompel by haar kamer in met trane wat warm agter haar ooglede brand. Sy voel verneder. Sy het nie regtig bedoel om sy bevele te verontagsaam nie, maar haar entoesiasme oor die jong hings het haar denke oorheers en al waaraan sy kon dink was om op die hings se rug te kom.

Sy vertoef lank in die kamer, baai haar oë in koue water en besluit om 'n koue stort te neem ten einde haar gevoelens onder beheer te kry.

Die tante kom roep haar vir ontbyt, maar sy maak of sy nie gehoor het nie. Sy sluip stilletjies uit en saal Fleur in 'n rekordtyd op en ry buiteveld toe. Die twee honde kom blaffend agterna.

Stomgeslaan kyk tant Nellie van die kombuis se deur na die jong ruiter wat in die verte verdwyn, en 'n eienaardige gevoel kom lê in haar binneste. As hy tog liewer 'n meisie was, dink sy vir die soveelste maal.

Aan die ander kant van die huis kyk Kobus ook die verdwynende figuur met gemengde gevoelens agterna.

Miskien was ek netnou onredelik. Maar tog, ek kan nie help om versigtigheid voor oë te hou nie. En die vent is my verantwoordelikheid en as 'n perd hom skop, wat dan? Buitendien het ek vir hom gesê dat ék die perd self wil inbreek, praat hy sy optrede van vroeër goed in sy gedagtes.

Sy eetlus het ook verdwyn en hy sluip van die huis af weg en besluit om die nuwe aankomeling weer mooi te bekyk. Die hings het hom 'n klomp geld gekos.

Hy kan nie help om te wonder waarna Tertius presies gesoek het, wat hy nie in die ander ses jong hingste kon kry nie. *Wat het Thunder, wat die ander nie het nie?*

Hy bekyk hom aandagtig en verskuif dan na Bismarck se kraal en bekyk hom met nuwe oë. Hy is nog in die duister oor Tertius se misnoeë teenoor Bismarck, en hy is heimlik jaloers op die nuwe aankomeling wat duidelik die jong voorman se hart gesteel het. Vir hom is Bismarck die toonbeeld van kwaliteit. Uit ondervinding en die bietjie wat hy op Landbou kollege geleer het, kan hy nie enige tekortkoming aan sy hings sien nie.

"Gits, Boetie, jy is so ingedagte. Wat gaan met julle twee aan? Eers storm jy soos 'n verwoede bul by die kantoor in en dan strompel Tertius by my verby soos 'n skelm na sy kamer en ek kon sweer die mannetjie het gehuil. Toe ek julle vir ontbyt roep, jaag die een op 'n perd se rug die veld in, en die ander kom staan en dagdroom by die nuwe aankomeling se kraal. Wat presies het vanoggend gebeur? Ek hoop nie die goeie verhouding wat tot dusver tussen julle was, is daarmee heen met dié aankope nie. Tertius is 'n uitmuntende voorman en het 'n besonderse kennis van perde, jy kan byna nie bekostig om hom te verloor nie."

Kobus is nie lus om die gebeure met sy ma te deel nie. "Ma verbeel ma dat daar iewers fout is."

"Nee, my kind, ek het gehoor hoe jy die arme Tertius verskree."

"Omdat hy my direkte bevele verontagsaam, ja." Dan maak hy die hele petalje met 'n handgebaar af. "Tag, ons is seker maar albei nog bietjie moeg na gister. Dit was 'n ver pad heen en weer. Ma kan nie stry nie, dis 'n mooi perd die, en hy kos my 'n mooi klompie geld. Ek vertrou dat hy my stoet tot voordeel sal wees. Met Tertius se hulp gaan ons hierdie stoetery nog meer gesog maak, ma sal sien."

"Ja, my kind, ek het altyd gedink dat Bismarck werklik die kroon van alle hingste is, maar hierdie jongetjie, ek moet sê, dis nou werklik 'n spog dier, kyk net daai trotse nek. Werklik, my kind, jy het goed gekies. Maar ek is nie oortuig dat netnou se onderonsie tussen jou en Tertius so onskuldig was as wat jy voorgee nie, dit het julle albei net té veel ontstel. Niemand is sommer vir niks só ontstoke nie."

Adoons het die hele kabaal in stilte gadegeslaan en het simpatie met Tertius, want in sý oë kan die jongman niks verkeerd doen nie. Hy verkwalik Kobus vir die harde woorde. Hy weet dat die jongman enige perd se tier is. Hy sal hom graag op die rug van hierdie nuwe jong hings wil sien en is sommer kwaad omdat die geleentheid hom tydelik ontneem is.

Kobus se ma stap kopskuddend aan huis toe. Sy sal nog agter die kap van die byl kom, dis vir seker. Sy pak maar die kos tydelik in die lou oond, want vanoggend gaan hier nie gou geëet word nie.

Dit is al laatoggend toe Tersia weer terug is op die werf.

Adoons is dadelik by. "Toemaar, Tertius, ek sal hom afsaal en bietjie koudlei. Dit lyk of jy hom vanmôre bietjie gestraf het."

"Nee wat, Adoons, dis lekker om so in die oggendlug te gaan ry en die spoke te verdryf. Dis ook goed vir die perd en die honde om litte los te maak en die oggendlug in te asem. O ja, Adoons, ons moet vandag begin om die perde vir die komende skou te manikuur."

"Au, wat vir 'n ding is daai? Wat gaan jy met hulle maak?" Hy skud sy kop.

"Nee man, ek bedoel ons moet begin werk aan hulle kondisie en die hare en so aan. Ons kan nie te lank wag nie. Jy weet die tyd vlieg verby."

"Maar gaan jy nie eers daai nuwe perd ry nie?"

Tersia sien die verwagting wat in sy oë skyn en sy weet sy hart klop haar taal.

"Nee, nie vandag nie, hy moet eers rus. Maar daar gaan in elk geval nie tyd wees vir hom vir die volgende paar dae nie. Ons moet vasstel presies watter perde die grootbaas skou toe wil vat en hulle begin regkry. Ek hou daarvan om lank voor die tyd met voorbereidings te begin en genoeg tyd met hulle te spandeer. So, dis harde werk van vandag af. Hoe meer 'n mens hulle hanteer, hoe beter vertoon hulle met die skou."

"Tjk," klik hy met sy tong terwyl hy met Fleur weg beweeg.

Tersia staar hom agterna. Sy brand om op Thunder se rug te kom, maar die twis van die laaste dag of twee is vir eers genoeg. Sy wil ook nie weer vir Kobus só kwaad sien soos vanoggend nie. Om die ergernis wat weer teen haar bors opkruip te bedaar, begin sy 'n deuntjie fluit terwyl sy terugstap huis se kant toe. Haar maag grom behoorlik van die honger, maar dit is heeltemal te laat vir ontbyt, boonop is dit al byna tyd vir middagete.

Sy glip ongemerk by haar kamer in, stort vinnig, trek gemaklike werksklere aan en strompel dan kombuis toe.

Tant Nellie sit haar en inwag.

"En toe, kindjie, is al die spoke weg?" vra sy onskuldig en hou haar besig met haar hande.

"Ekskuus, Tante. Wat se spoke? Ek sterf vir 'n koppie tee, en miskien 'n roosterbroodjie, asseblief, Tante. En dan wag die werk. Ek het so bietjie my tyd verspeel vanoggend en sal moet uithaal en wys vanmiddag."

Tant Nellie kyk in Tertius se gesig, en weet dat hierdie jongman baie ontsteld is. Maar wyslik lewer sy eerder geen kommentaar nie.

Na die kort verposing, haas Tersia haar na die perdestal, op soek na Kobus sodat hy die skouperde vir haar kan uitwys. Sy vind hom in diepe konsentrasie by die nuwe aankomeling se stal.

"Jammer om te pla," sê sy afsydig. "Kan ons die komende skou bespreek?"

Hy pers sy lippe saam, maar knik darem instemmend.

"Het jy al besluit hoeveel perde jy skou toe wil neem, Kobus, en wat presies jy van hulle verwag? Ek het genoeg tyd nodig om hulle in die regte kondisie te kry. En ons moet almal uit hulle skoene skou vanjaar. Of hoe?" vra sy in 'n effe ligter toon.

"Ja, ek het gedink om so tien perde skou toe te neem en elkeen moet maar sy eie roetine en passies hê vir die geleentheid. Kom ons gaan kyk watter perde ons kan gebruik. Ek het reeds so 'n paar in gedagte," reageer hy styf. Die atmosfeer is alles behalwe ontspanne.

Tersia weet perde is maar gevoelige diere. Hulle sal sommer dadelik hierdie atmosfeer tussen haar en Kobus aanvoel, en dit kan die voorbereidingsproses bemoeilik. Sy hou egter haar gedagtes vir haarself. Al waarop sy kan hoop, is dat Kobus lank genoeg uit haar pad sal bly om haar die geleentheid te bied om op haar eie aan te gaan.

"Ek het aanvanklik gedink dat hierdie vyf perde geskik sal wees, maar ek het intussen besluit om nog vyf perde skou toe te neem. Jy kan maar jou eie oordeel gebruik en die ander vyf perde kies."

Sy trek haar asem skerp in. "Is jy ernstig? Kan ek kies watter ander vyf moet gaan?"

"Ja, maar onthou, na afloop van die skou is daar gewoonlik 'n veiling en ons sal bereid moet wees om ten minste ses of sewe van hulle te verkoop. Of selfs almal, as dit daarop neerkom."

"Oukei."

"Daar is natuurlik baie goeie pryse vir die perd wat die beste optree en algeheel vertoon. Hierdie is 'n baie groot werk en aangesien die skou vroeg in September is, laat dit ons met net sowat drie maande oor om die perde gereed te kry. Jy moet maar sê watter deel van die afrigting jy wil behartig sodat ek en Adoons die ander deel kan doen." Hy klink so onpersoonlik soos 'n robot terwyl hy die woorde aframmel sonder enige emosie in sy stem.

"Ons sal maar moet gaan sit en besluit wat presies ons van die perde verwag. Dan moet ons kyk watter toertjies en passies elke perd die beste sal pas. Ons moet oefenprogramme opstel, waarvan daar nie afgewyk mag word nie. Hoe gereelder en strawwer die oefeninge word, des te beter vir die perde, want dissipline is uiters belangrik."

"Het jy al voorheen so 'n oefenprogram gevolg en wat het jy uitgerig? "vra hy sonder om sy stemtoon een oktaaf te lig.

"Ek het al, ja. Ek het die gewone vyfgang met die perde gedoen, en die springprogram van 'n joggie deurgesien. Wou jy iets anders by gehad het? Jy moet my vooraf sê sodat ek weet wat ek die perde alles

103

moet laat doen. En moet asseblief nie halfpad deur my program die roetine kom staan en verander of in die wiele ry nie. Ek weet wat ek doen," antwoord sy koud en afsydig.

"Ja goed, ou 'weet-alles-kan-alles-doen'. Ek sal nie met die oefenprogram inmeng nie, maar miskien kan ek ook hand bysit en een afdeling waarneem."

"Miskien, maar perde is sensitiewe diere en as daar meer as een afrigter is, kan dit hulle verwar, en ek het al hulle konsentrasie vermoë nodig om my afrigting te laat slaag."

Kobus rol sy oë.

Tersia praat vinnig verder. "Ek stel voor ons verdeel die aantal perde. Kom ek vat tien, en jy tien ander. Aan die einde van die tyd kies ons die tien bestes en gaan skou met hulle. Maar ons kan nie die perde split nie. Een afrigter vir die hele span." Sy is dadelik spyt dat sy soveel kwytgeraak het. Netnou ruk hy hom weer op.

"Nee goed dan, ek volstaan met jou tien perde. Ek belowe om nie in te meng nie en jou ook nie te probeer beïnvloed nie. Miskien sal ek een of twee perde vat en hulle iets anders leer, maar dit het niks met die skou te doen nie."

"Kan ek maar self my tien perde gaan uitsoek, of nie?"

"Jy kan jou eie perde gaan uitsoek, Tertius. Per slot van rekening soek ek resultate by die skou. Dit is seker reg dat jy die perde uitsoek met die soort temperament wat jy verkies."

Sy glimlag dankbaar, staar dan in die verte asof sy met haarself praat. "Goed, dis die vyfgang, en wat nóg wat hulle moet doen?"

"Hulle moet die treppie en spaaider ry, en die *gymkhana* dis al," antwoord hy.

"Dankie, ek sal vanaand oefenprogramme uitwerk vir die perde en dit aan jou voorlê, en dan kan ek môre daarmee begin."

"Dis nie nodig om die program aan my voor te lê nie, maar dis altyd lekker om te weet wat gedoen gaan word. Ek vertrou jou oordeel ten volle. Dan is dit afgespreek," en hiermee stap hy met lang treë weg.

Daar is soveel woelinge binne hom dat hy homself nie verstaan nie. Die benouenis klamp weer om sy hart saam en hy voel so onvergenoegd as kan kom. Hy strompel by sy kantoor in en met die gedagte dat sy ma skynbaar alles hoor en sien maak hy die deur saggies toe en gaan sit agter sy lessenaar met sy kop in sy hande.

Iets is drasties verkeerd, maar wat kan dit tog wees? wonder hy vir die soveelste keer. Hy het hierdie benouenis in sy hart as hy net na Tertius kyk en dit kan nie wees nie. Dit moenie wees nie. Hy is radeloos. Hy weet die aangewese ding is om die man te laat gaan en so genesing vir hierdie sinnelose gevoel te kry. Maar hy weet ook dat hy dit nie kan doen nie. Tertius ken sy werk, die man het reeds diep spore op die werf getrap en hy steun reeds te veel op die jong knaap. Skielik wonder hy hoe oud Tertius is. Met soveel kennis agter die blad, kan hy nie heeltemal 'n snuiter wees nie, en al die kennis is nie net universitêre kennis nie, maar harde ondervinding. Dit is vir seker.

Hy ruk sy kop op toe daar 'n klop aan die deur is en sy ma met 'n koppie koffie binnestap sonder om vir 'n antwoord te wag.

"Jy lyk moeg, Boetie. Wat pla deesdae so? Ek kan sien jy is nie meer jouself nie. Laat staan die skou as dit te veel druk op jou plaas. Gaan tog vir 'n slaggie weg en gaan rus behoorlik. Ek is seker Tertius sal die mas alleen kan opkom. Ek is bekommerd oor jou."

"Ma, niks is verkeerd met my nie, maar ek voel nogal moeg. Miskien moet ek maar vir 'n paar dae weggaan. Miskien na Annette-hulle toe. Wil ma nie saamkom nie? Hulle sal bly wees om ma weer te sien. Dit kan baie goeie afleiding vir beide van ons wees. Ek is seker Tertius sal op sy eie kan regkom en buitendien is Sofie hier om vir kos en so aan te sorg."

Ek wens ek kon ma vertel wat my regtig kwel; en geen weggaan gaan hierdie kwelling regmaak nie, dink hy ietwat hartseer, maar wend 'n ernstige poging aan om nie sy emosies te wys nie.

"Haai, my kind, dit is 'n baie goeie voorstel. Dit sal regtig lekker wees om Annette en haar kleinspan weer te sien. Maar ek weet nie of dit nou die aangewese tyd is nie." Haar stem tril egter van opgewondenheid.

"Enige tyd is 'n goeie tyd, Ma. Toe, kom ons gaan?" Hy klink amper entoesiasties. Daar was nog altyd 'n goeie verhouding tussen hom en sy niggie al sien hulle mekaar selde.

Sy glimlag en knik haar kop. "Goed, solank ons net nie môre al ry nie. Ek moet eers 'n paar dingetjies hier reg kry. Ons kan oormôre vertrek."

"Goed, Ma, ons sal oormôre ry." Skielik voel hy meer ontspanne.

Hy staan op en loop na Adoons om hom in te lig dat hy vir 'n paar dae weggaan, en om hom instruksies te gee.

Tertius is nêrens te sien nie en Adoons lig hom in dat dié met Fleur gaan ry het. Teleurstelling lê onmiddellik swaar op sy hart, maar hy onderdruk dit met mening.

Twee weke sleep traag verby. Twee weke waar Tersia hard besig is om die perde af te rig vir die skou, maar dit voel vir haar of sy geen vordering maak nie.

Adoons is egter vol lof. Blykbaar sien hý die vordering wat sy maak, maar binne Tersia se hart is daar 'n dooie gevoel wat sedert Kobus se vertrek nog nie opgeklaar het nie.

Al is hy 'n brompot, is dit nogtans lekker om hom hier te hê, dink sy en laat die perd gelate sy gang gaan.

Teen vyfuur spring sy uit die saal, die skouperde het nou genoeg geoefen vir een dag. Adoons help haar om hulle af te saal. Elkeen kry 'n suikerklontjie en dan saal sy vir Fleur op vir hul gebruiklike namiddag rit.

Met dawerende hoewe verlaat sy die werf terwyl Kobus en sy ma in die laan op beweeg na die huis.

8

Dit voel vir Kobus of hy te lank weg was en is nuuskierig om te weet en te sien hoe die afrigting van die skouperde verloop. Teleurstelling lê op sy bors toe hy Tertius in die verte sien verdwyn. Adoons is egter vinnig by die motor en help die tasse aflaai, al babbelend oor die wondere wat Tertius met die perde verrig.

"Genade, Adoons, g'n mens kan verstaan wat jy sê nie, dra nou maar eers die tasse huis toe en dan kom vertel jy my rustig wat op die plaas aangaan," maan Kobus laggend.

Sy ma draf die huis binne, op soek na Sofie om ook die jongste nuus te hoor. Sy het Sofie laat weet dat hulle laatmiddag sal arriveer en is aangenaam verras toe sy die kombuis binnestap en potte vol kos op die stoof aantref. Sofie het 'n heerlike ete gekook, wat net wag om opgeskep te word.

"Ag, dankie, Sofie, dit was nou dierbaar van jou om vir ons kos gereed te hê. Hoe gaan dinge hier? Waar is meneer Tertius?"

Sofie glimlag dat haar spierwit tande vertoon. "Alles gaan goed hier, Mevrou. Die kleinmeneer het nou eers gaan perdry. Hy sal seker so 'n halfuur na 'n uur toe weg wees. Dan stort hy gewoonlik eers voor hy inkom vir eet."

"Ek het vir jou 'n pakkie van Annette af saamgebring, Sofie, en sy stuur baie groete. Die kleinspan is ook al mooi groot. Hulle het so gerek van ons hulle laas gesien het," vertel sy in een asem.

Intussen is Adoons aan die woord buite, en binne minute is Kobus deeglik op hoogte gebring van alles wat die afgelope twee weke op die plaas gebeur het.

"Daardie boer by wie Meneer Thunder gekoop het, was ook hier om na die stoet te kyk, maar Tertius het hom mooi laat verstaan dat Meneer nie tuis is nie en dat hy by 'n ander geleentheid na die stoet sal moet kom kyk."

Kobus is ietwat omgekrap omdat hy nie hier was toe Willem Taute opgedaag het nie.

Adoons se lofsang oor Tertius gaan voort en hy vertel hoe 'sy kleinmeneer' blitsvinnig opgetree het toe een van die merries 'n abnormale en moeilike geboorte gegee het. Die merrie en haar vulletjie is albei springlewendig en gesond.

Hy beduie so wild terwyl hy praat dat Kobus die hele prentjie voor sy geestesoog sien afspeel. Nog 'n paar vullens is in sy afwesigheid gebore en hulle is baie jolig en spring daar rond soos wafferse groot menere.

Adoons is duidelik opgewek. "Kleinmeneer Tertius is sommer 'n bul van 'n boer, ek sê jou,

Meneer. Jy moet hom sien hierdie perde hanteer en dit lyk of die perde hom verstaan, want hulle sit nie 'n voet verkeerd nie. As hy wil hê hulle moet die linkervoet optel, dan maak hulle so, en hulle sal om die dood nie die verkeerde voet optel nie. Kleinmeneer Tertius; hy ken van perde." Hy is skoon uitasem so vinnig het hy gepraat, te bang hy sou iets belangriks uitlaat.

Die onderwerp van bespreking is ver in die veld, op Fleur se rug, en redelik onvergenoegd met die stand van sake. Dit voel vir haar of die afrigting nie regtig vorder nie. Sy gee geen krediet vir die vordering wat sy reeds met die diere gemaak het nie, en kritiseer haarself deeglik.

Sy weet uit dure ondervinding dat ongeduld die verkeerdste emosie is, en dat die diere met hul fyn aanvoeling kan agterkom dat sy ongeduldig is. Sy kan nie die sinkende gevoel van teleurstelling en ongeduld in haar ontleed nie. Sy kan nie verstaan waarom dit nie so lekker soos gewoonlik is om met die diere te werk nie. Iets skort, iets bly haar ontwyk en sy kan nie haar vinger daarop lê nie.

Sy ry in die veld rond sonder om enigiets raak te sien. Later bring sy Fleur tot stilstand, klim af en gaan sit op 'n klip om nabetragting te hou. Sonder dat sy ag daarop slaan, sak die son. Eers toe Fleur sy neus in haar ribbes druk, besef sy dat dit reeds skemer is. Sy vlieg op Fleur se rug en jaag terug stalle toe, waar 'n hoogs ontstoke Kobus haar inwag.

"Kan jy nie op jou horlosie kyk en darem net betyds terugkom nie?" vra Kobus vies.

Adoons vra versigtig, "Het kleinmeneer teenspoed in die veld opgetel?"

Sy is omgekrap met haarself omdat sy nie die tyd dopgehou het nie. Boonop stuit Kobus se onvriendelikheid haar teen die bors.

"Jammer as ek julle ontstel het," is al wat sy sê voordat sy na haar kamer gaan.

Sy laat 'n oorblufte Kobus agter, maar Adoons kom tot sy kleinmeneer se redding deur te noem dat hy seker net moeg is, want hy het die afgelope weke baie hard gewerk.

Tersia meld nie aan vir aandete nie, en ignoreer tant Nellie se geroep by haar deur geheel en al. Na sy gestort het, klim sy in die bed. Binne minute is sy in 'n onrustige slaap gewikkel en sukkel sy met onwillige perde om hulle passies te leer.

Uit die aard van haar drome het sy baie sleg geslaap en kom met 'n skeel hoofpyn die kombuis binnegestap.

Tant Nellie is die ene besorgdheid, maar Tersia maak dit af as niks. Sy is haastig om by die stalle te kom voor Kobus sy verskyning maak.

Sy is reeds besig met die perde toe hy by die stalle opdaag. Hy betrag haar 'n lang ruk in stilte, dan roep hy halt.

"Wag! Wag, Tertius, jy jaag die perde op hol. Dis nie nodig om so min geduld aan die dag te lê nie. Die perde moet sagkens behandel word vir die beste resultate. Jy jaag hulle aan asof hulle trekvee is. A nee a, man."

Hy het dit nou wel nie streng of onvriendelik bedoel nie, maar besef dat dit waarskynlik soos 'n skrobbering klink, en kan homself skop oor sy lompheid.

Tersia is in 'n slegte bui. Sy ignoreer hom totaal en gaan onverpoosd voort met haar onderrig.

Hy vervies hom vir Tertius wat al weer nie na hom luister nie en stap al brommend weg.

Teen twaalfuur het elke perd sy halfuur van afrigting agter die blad en roep sy halt. Sy stap met vaste tred na waar Kobus besig is en groet hom baie formeel, maar wag nie vir sy reaksie nie. Sy draai net om en loop huis toe vir middagete.

Aan tafel hang daar 'n gespanne atmosfeer en slegs die minimum woorde word gewissel. Tant Nellie is so teleurgesteld met die toedrag van sake dat sy verskoning maak en gaan koffie haal.

Na ete verdwyn Tersia vinnig na haar kamer en val op die bed neer. Sy wil net 'n halfuur ontspan. Daar is egter geen sprake van ontspan nie, daarvoor is haar gemoed te onstuimig, en sy knip die rustyd kort.

Haar voete vind vanself hul pad na die stalle waar sy die afrigting van die perde vervat. 'n Effense kalmte het tog oor haar gesak en die middag verloop sonder enige voorval.

Kobus se aandag word opgeëis deur een van die boere van die omgewing wat opdaag. Tot 'n mate is

Tersia verlig daaroor, want nou kan sy die perde in vrede afrig. Vir die eerste keer die afgelope twee weke voel dit vir haar of sy vordering maak.

Met 'n ligter gemoed draf sy later na haar kamer, stort en gaan soek tant Nellie in die kombuis op.

"En toe, hoe was julle vakansie?" vra sy met die intrapslag.

"Baie lekker, kindjie, maar ek was bekommerd oor jou, was jy siek of iets? Jy het ons nie eens gisteraand en vanoggend raakgesien nie," beskuldig sy ligweg.

"Ekskuus, Tante, ek is besig om my goeie maniere te verloor. Maar ek is so besig met die perde, en dit pla my dat ek nog nie verder gevorder het met hulle afrigting as wat ek hét nie. Dit voel net of dinge nie werk soos ek wil hê dit moet nie." Sy skop haar skoene uit en drink haar koffie in een teug leeg. "Kan ek asseblief nog 'n koppie kry? Ek is nogal dors."

"Mag, maar jy is 'n slawedrywer." Kobus praat terwyl hy die kombuis binnestap. "Ek kan nie glo daardie perde het nou maar eers twee weke se afrigting agter die rug nie. Dit lyk vir my hulle weet veel meer as twee weke se kennis." Hy is opgeruimd en klink heelwat rustiger as vanoggend. Hy neem plaas en vra ook vir 'n koppie koffie.

Sy ma sug van verligting. Dit lyk en voel vir haar of dinge weer klopdisselboom gaan.

Hulle nuttig aandete al geselsend, en niemand kom eers agter dat ure verbyglip nie.

Tersia loer na haar horlosie. "Sjoe, kyk waar staan die tyd! Tyd vir jong dogtertjies om in die bed te wees." Sy snak klankloos na haar asem toe sy haar fout agterkom. Haastig klop sy die tante op die skouer en sê snipperig, "Toe, toe, jong dogtertjies moes al in die bed gewees het."

In die dae wat volg, voel dit vir Tersia of 'n sware las van haar skouers begin val soos wat daar vordering gemaak word met die afrigting.

Sy is baie meer ontspanne. Die perde voel die veranderde stemming aan en werk pragtig saam.

Twee weke voor die skou is die perde gereed en word hulle nou drie keer per dag geroskam en hulle lywe blink behoorlik. Die sterte word oor en oor uitgekam. Sy doen nog net so nou en dan 'n roetine met die perde. Elkeen weet presies wat van hom verlang word.

Hulle trek die spaaider soos wafferse spog diere, die karretjie word ewe windmakerig om die draaie gejaag, en die vyfgang word getrippel en getrap soos net 'n geoefende skouperd dit kan doen.

Dan breek die dag aan wat die perde vervoer moet word.

Die diere word sorgvuldig gelaai, elkeen in sy eie afskorting sodat daar nie tydens die vervoer enige beserings opgedoen kan word nie. Een vir een en sonder enige moeite klim hulle op die perdetreilers en staan hulle netjies in hulle afskortings. Verskeie groot viertrekbakkies vertrek elk met 'n perdetreiler.

Adoons en nog vier staljongens moet ook saamgaan om die diere te versorg by die skougronde se stalle. Genoeg bale kos word gelaai en dan is hulle ook gereed om te vertrek.

Die skougronde is sowat 'n honderd kilometers ver en hulle reis teen 'n stadige, veilige spoed vir die perde. Hulle bereik die skougronde waar ander boere reeds besig is om hulle perde af te laai. Almal kyk mekaar se perde uit, ietwat gespanne, want soos dit maar is, wil almal graag wen.

Die groot dag is uiteindelik hier.

Kobus en Tersia is in 'n vrolike kameraadskap en bespreek die laaste paar puntjies van belang. Tevrede dat hulle niks gemis het nie, vra Tersia om verskoon te word.

Haar senuwees begin knaag, en sy beweeg heen en weer tussen die stalle en die skougronde soos 'n kat op 'n warm sinkplaat. Die gedruis van die menigte mense om haar, wat getuig van almal se opgewonde afwagting, veroorsaak dat haar senuwees snaarstyf span ... niks moet vandag skeefloop nie. Vandag wil sy aan die groot boer finaal bewys dat sy haar posisie waardig is. Vandag moet hy besef sy is 'n boer duisend.

Sy klop die een perd na die ander teen die nek, vryf oor die maanhare, knoop 'n geselsie aan met die arbeider op diens.

Adoons verskyn skielik langs haar. "My kleinmeneer, jy moenie so stres nie. Vandag sal ons hulle wys waar die wortels gegrawe is. Vandag sal Verbeeck Boerdery met al die pryse wegloop. Jy het jou werk goed gedoen, moenie *worry* nie. Ek weet, ek was al vantevore by die skou. Ek kan die atmosfeer aanvoel en ek kan hom lees. Nee wat, ons is tops vandag." Hy glimlag van oor tot oor.

Tersia hoor hom skaars. Sy bly maar een bol senuwees.

"Jy moet kalmeer, die perde sal aanvoel jy is gestres en dan trap hulle skeef," is sy wyse raad.

Sy sug. "Jy is reg, Adoons, ek het nooit daaraan gedink nie. Maar soos jy sê, ons het niks om oor bekommerd te wees nie. Die skou is ons s'n. Ons moet net alles doen wat ons geleer het, en die perde sal alles doen wat ons hulle geleer het. Jy sal sien," sê sy, meer om haarself te oortuig as vir Adoons.

Toe sy omdraai staan Ronnie, 'n studentemaat voor haar. "Ek het sommer geweet ek sal jou hier by die stalle kry. Hoe gaan dit met jou?" groet hy joviaal en trek haar ru nader en soen haar vol op die mond.

Adoons is heel oorhoeks geskrik vir die twee mans wat mekaar soen. Besluit dan dat dit niks met hom te doen het nie en steur hom nie verder aan hulle nie.

Tersia stoot Ronnie weg terwyl sy fluisterend praat. "Moenie my identiteit weggee nie. Asseblief. Hulle weet nie dat ek 'n vrou is nie."

Hy knik net sy kop en gee nog 'n treë agteruit. Met 'n skewe glimlag vertel hy dat hy toe sy veearts praktyk in 'n naburige dorp geopen het en dat hy baie gelukkig is. Hy noem ook dat hy intussen verloof geraak het aan 'n baie oulike aster uit die kontrei.

Kobus het na die stalle beweeg sodat hy met Tertius kon gesels voor die verrigtinge begin. Die oomblik wat hy om die draai kom, vind hy Tertius in omhelsing met 'n ander jongman. Hy steek viervoet vas en voel weer die diep steekpyn deur sy wese sny. Met een beweging swaai hy om en stormloop weg. Woede pak hom beet, Impulsief besluit hy dat Tertius onmiddellik sy plaas moet verlaat na afloop van die skou.

Die pyn is byna ondraaglik en hy kan die ou bekende gevoel nie afskud nie. Dit maak hom net meer verward en woedend. Hy loop wye draaie en besluit om Tertius totaal te vermy.

Hierdie skou is vir hom baie belangrik, hy móét goed doen. Sy gramskap en ontsteltenis kan alles bederf, dit besef hy wel deeglik. Hy storm op sy bakkie af. Gruis spat in alle rigtings soos hy die terrein onbeslis verlaat.

Tersia sien hom wegjaag en wonder of daar dalk iets ernstigs op die plaas gebeur het. Sy hoop werklikwaar nie so nie... Haar hart klop benoud teen haar ribbekas. Sy haal 'n paar maal diep asem, haar aandag moet hier by die skou bly, anders gaan dinge rampspoedig uitdraai. Sy sal vir eers van Kobus en wat ook al die rede kan wees vir sy skielike vertrek, moet vergeet.

Kobus se ma staar sy bakkie verskrik agterna. Soos gewoonlik sien sy 'n handvol spoke... *Wat op aarde het nou weer gebeur? Is die twee al weer aan die baklei?*

Adoons klik sy tong 'n paar maal terwyl hy Kobus se verdwynende bakkie agternakyk. Hy skud sy kop. Meneer Kobus kan darem partymaal baie snaaks optree. Hoe is dit moontlik dat hy nou, van alle tye, hier kan padgee?

Die aankondiging dat die verrigtinge amptelik gaan begin, onderbreek Tersia se gedagtes. Sy is reeds geklee vir die eerste item.

Wanneer sy uiteindelik in die arena verskyn, is haar aandag waar dit moet wees. Sy konsentreer slegs op die vertoning en op haar perd. Hulle verstaan mekaar volkome en hy sit nie 'n voet verkeerd nie.

Luide applous volg toe sy die arena verlaat.

Haar tweede item wek weer baie belangstelling en baie boere frons kwaai oor hierdie 'jong snuiter' se brawe toertjies.

Weer is die toeskouers op hulle voete toe sy die terrein verlaat.

Adoons is die ene tande soos hy glimlag. "Ai, my kleinmeneer, jy kán, nè," mompel hy met trane in sy oë. "Hoekom kan meneer Kobus dit nou nie sien nie?"

"En nou, Adoons, wat brom jy so?" vra Tersia in 'n opgewekte stemtoon, maar diep binne haar wese is sy teleurgesteld dat die baas van die plaas nie hier is nie.

En dan staan hy voor haar. "Wel gedaan, Tertius. Dit was 'n knap stukkie werk." Hy steek sy hand uit na haar.

"Ek dog jy het gery," sê-vra sy.

"Ja, ek het gery, ek het 'n probleem gaan oplos, maar moenie jou kop daaroor breek nie. Ek kan dié dag nooit misloop nie. Is jy gereed vir die volgende item?" Sy stem klink gedwonge vriendelik, maar gelukkig merk sy dit nie op nie, anders sou sy haar daaroor verknies het.

"Ja, dankie, ek is gereed, maar ek het darem nog 'n bietjie grasie, daar is vyf ander items voor my," antwoord sy meer ontspanne.

Uiteindelik breek die optrede met die spaaiders en die kapkarretjies aan. Baie windmakerig ry sy die arena binne en baie van die toeskouers trek hul asems in.

Haar uitrusting laat die ander deelnemers se ooglede rek. Met die kapkarretjie is sy geklee in 'n windmaker manel pak en keil en sien sy daar baie elegant en waardig uit. Sy hanteer die perde met soveel ontsag en rustigheid dat dit vir die deursnee toeskouer lyk of die perde geen leiding kry nie. Alles verloop seepglad.

Met die spaaider is sy ewe swierig geklee in 'n outydse drywerspak met volstruisveer en al. Die spaaider loop sy draaie sonder enige voorval en sy verlaat die arena onder luide applous.

"Tag man, Kobus, waar het jy so 'n knap ruiter opgespoor? Magtig man, hy lyk soos 'n skoolseun, maar hy het die waardigheid en vernuf van 'n ervare ruiter. Vandag het jy ons getroef, ou maat. Ek wil dit nie juis erken nie, maar vandag loop jy wragtie met al die pryse weg," skud een boer sy hand, en dan is daar 'n handvol boere rondom hom saamgedrom wat hulle lof betuig. Kobus voel soos 'n skouperd homself.

By die stalle dans Verbeeck Boerdery se staljongens met mekaar die riel. Ja-nee, vandag het hierdie jong meneertjie vir hulle gewys hoe 'n mens trotser as trots kan wees. Almal het maar op 'n geleentheid hul poste verlaat om tog net hierdie jong meneer van hulle te sien ry.

Adoons is sprakeloos. Hy huil en lag deurmekaar en klop Tertius op die skouer. "Mooi, mooi," is al wat hy uitkry.

Sy voel lus en val hom om die nek, want daar is niemand anders naby om haar geluk mee te deel nie. In haar eie opinie was die dag 'n groter sukses as waarop sy gehoop het.

Tant Nellie kom om die hoek en jy sien net rokpante waai soos sy hardloop om by die stalle te kom. Sy val Tersia om die nek en dit druk en soen en lag en huil alles deurmekaar.

"Ag, my kind, vandag sou Kobus se pa gebars het van trots. Hy kon in sy dae 'n prys of twee losslaan, maar ek glo jy het vandag elke liewe prys opgeëis. Ek het lanklaas so 'n uitmuntende optrede gesien. Geluk, jong."

Kobus ruk hom los van die groep mense wat om hom drom en haas hom na die stalle waar 'n ontspanne Tertius hom vol in die gesig kyk en dan skamerig glimlag.

"Geluk, Kobus," spring tant Nellie haar voor en ook Adoons kom klop hom op die skouer.

"Nee wag, julle wens die verkeerde man geluk, dis Tertius wat dit alles vermag het. Baie geluk, jong. Ek skat nou gaan jy 'n verhoging vra," skerts hy, en sien die seer wat skielik in die jongman se oë opspring.

Verwarring vul weereens sy hele wese en meteens neem 'n beskermingsdrang sy menswees oor. Selfs meer verward as voorheen draai hy om en stap weg.

Adoons staar hom verbaas agterna. Hy kan hierdie optrede van sy werkgewer hoegenaamd nie opsom nie. Fronsend wonder hy hoe meneer Kobus net kan wegstap op hierdie groot oomblik.

Die aankondiger se stem oor die interkom onderbreek sy gedagtes. Almal haas hulle terug na die arena.

'n Paar toesprake volg waarna die veiling van die diere begin. Kobus se perde word intensioneel tot laaste gelos, maar die boere is geensins geïnteresseerd in tweede beste nie. Die verkope is maar traag, dan skree almal gelyktydig om die Verbeeck perde.

Adoons en sy span kom die arena binne met die perde.

Kobus merk dadelik op dat een van sy perde kortkom. Sy oë is vraend op Adoons gerig. Dié trek net sy skouers op. 'n Frons verskyn op sy voorkop, want Tertius is ook nêrens te sien nie. Ontstem deur sy voorman se afwesigheid, beweeg Kobus sy skouers liggies.

Die een perd na die ander behaal rekord pryse en die boere steek hulle hande baie diep in hul sakke.

'n Ligte gedruis ontstaan soos die boere onder mekaar begin praat, en die naam 'Tertius' duidelik opklink.

Die aankondiger roep Tertius se naam uit, maar daar is geen teken van hom nie. Hy draai sy gesig na Kobus en vra hom om die jong ruiter na die arena te bring.

Hy verdwyn haastig na die stalle, maar kom teleurgesteld terug – blykbaar het niemand gesien wat met Tertius of die perd gebeur het, of waarheen hulle is nie.

Na hy die nuus met die aankondiger gedeel het, draf hy terug na die stalle en merk op dat die perdetreiler ook weg is, én een van sy viertrekbakkies! Hy pers sy lippe saam: Tertius het sweerlik die viertrek gevat, die perd op die treiler gelaai en gery! Waarom die vent juis nou die pad sou vat en dan nog 'n perd saam met hom neem, slaan hom dronk.

Teleurstelling, gemeng met woede, vul sy hele wese en hy kan die gevoel met al die wil in die wêreld nie afskud nie.

Intussen spoed Tersia voort op pad huis toe. Die perd is agter in die perdetreiler.

Hierdie jong hings wil sy vir haarself hou, en is bereid om die prys te betaal wat hy op die veiling sou kry.

Sy tintel van vreugde omdat haar harde werk sulke goeie resultate opgelewer het. Natuurlik weet sy nie of sy enigsins pryse gewen het nie, en indien wel, hoeveel ... maar die toejuiging van die skare het haar duidelik vertel dat sy uitgeblink het.

Te laat sien sy die dwarsgedraaide vragmotor voor haar in die draai. Sy slaan remme aan in 'n poging om die bakkie betyds tot stilstand te bring, maar helaas. Sy swaai na regs, maar die treiler se agterkant tref die vragmotor met 'n slag. Sy voel hoe die bakkie ruk, vermoedelik het die treiler se sleephaak losgebreek. Die volgende oomblik rol en rol die bakkie. Sy is bewus daarvan dat sy uit die bakkie geslinger word. In die verte hoor sy 'n perd runnik, dan verval sy in die vergetelheid.

9

Die verkeersdepartement en ambulansdienste is reeds vroeër van die vragmotorongeluk in kennisgestel, en verskyn op die toneel oomblikke na Tersia haar bewussyn verloor.

Hulle kry die hings waar hy liggies stamp aan die bewustelose meisie en sy kop in haar ribbes druk, vermoedelik op soek na 'n suikerklontjie of iets lekkers. Hulle lei die perd weg van haar af. Daarna ondersoek hulle haar eers voor hulle haar in die ambulans laai.

Die vragmotorbestuurder word ook in die ambulans gelaai. Sy toestand is ernstig, maar hy is darem by sy bewussyn. Die meisie is ongelukkig steeds bewusteloos.

Een van die verkeerskonstabels ondersoek gou die perd. Hy het 'n paar skraapmerke aan sy voorbene, maar andersins lyk hy ongedeerd. "En nou, Verwey, wat maak ons met die perd? Hy kan nie hier langs die pad bly staan nie," spreek hy sy kommer uit.

Net toe kom Johan Vermaak daar verby en stop om te verneem of hy hulp kan verleen.

"Ja, asseblief, as jy vir ons iets met die perd kan doen," antwoord Verwey.

"Dit lyk my na een van Kobus se perde, ek sal hom inlaai en huis toe neem."

Dit was egter makliker gesê as gedaan. Die perd is baie verwilderd en glad nie geneë om op die vreemde bakkie gelaai te word nie. Almal sit hand by, paai en praat mooi, en na 'n ewigheid, is hy agter op die bakkie en kan Johan met hom ry.

Die insleepdienste het intussen arriveer. Hulle haak die voertuie en die treiler so gou as wat hulle kan en vertrek weer dadelik.

Johan ry na Verbeeck Boerderye, maar vind die plaaswerf redelik verlate. Hy laat die perd in 'n leë kamp ingaan. Dit is duidelik dat die dier heelwat spanning ondervind. Hy kan maar net hoop dat Kobus spoedig tuis sal wees sodat hy die perd kan kalmeer.

By die hospitaal besluit dokter Van der Merwe dat aangesien die naamlose vroulike pasiënt in 'n diep koma verkeer, sy na 'n groter hospitaal oorgeplaas behoort te word. 'n Helikopter word hiervoor ingeroep en binne 'n uur is sy op pad na 'n hospitaal in die stad.

Die dag by die skou word gewoonlik afgesluit met die prysuitdeling, maar Kobus is so ontsteld, hy sien nie eens uit daarna nie.

"Waar is jou ruiter?" wil almal weet, en hy is nie in staat om 'n verduideliking te gee nie. Ook sy wrewel styg met elke asemteug.

"Ag, my kind, hy het seker 'n goeie rede waarom hy gery het," probeer tant Nellie troos, maar Kobus is omgekrap.

"Ma moenie nog mooi praatjies vir die vent maak nie, ek hou nie daarvan om die middelpunt van 'n gekkespul te wees nie. Wat op aarde het hom besiel om met een van die perde pad te gee? Magtig man, ek is lus en bel die polisie om hom op te spoor."

"Nee, wag nou, Boetie, hy moet 'n baie goeie rede hê. Hy sal nie iets onverantwoordelik doen nie," paai sy maar weer.

"Wel, hierdie is iets onverantwoordelik. Ek gaan hom braai, daarvan kan hy seker wees. Ek duld nie sulke vernederende optrede van my werksmense nie." Hy bewe van woede.

Soos verwag, stap Kobus met driekwart van die pryse weg: dis eersteplek vir dit; spesiale toekenning vir dat; uitstaande prestasie vir iets anders... Almal is net ongelukkig dat die jongman nie self daar is om die pryse in ontvangs te neem nie. Kobus word van alle kante gelukgewens en sonder sweem vertel 'n paar van die boere hom dat hulle daardie jongkêrel gaan afrokkel. Hy is trots, maar sy woede oorweldig alle denke.

Adoons en die ander staljongens vertrek kort na die verrigtinge en ry vooruit plaas toe. Hy vind die jong hings in 'n befoeterde luim, en boonop in die verkeerde kamp ook. Skuim staan by sy bek uit en hy wil niks en niemand naby hom toelaat nie. Hy gebruik al sy vernuf om die perd te kalmeer, maar niks werk nie. Later gaan haal hy 'n dosis kalmeermiddel en 'n spuitnaald waarmee hy die hings inspuit. Dié bly egter baie onrustig ten spyte daarvan dat Adoons hom steeds paai en alles moontlik doen om hom rustig te kry.

"Ek wonder waar die kleinmeneer met die bakkie en die perdetreiler is? Hoe kan hy die perd in die toestand sommer so los en wegraak?" In hierdie oomblik vergeet hy dat hy Tertius eintlik verafgod. Hy is kwaad. Kwaad oor die ongerief wat die perd moet verduur.

Hy sug, praat dan weer kalmerend met die hings. Stadigaan ontspan die dier. Uiteindelik kry Adoons kans om die wonde te ondersoek en te versorg, en sy wrewel styg net hoër en hoër.

Kobus en sy ma kom eers laataand tuis, moeg, maar tevrede met die pryse wat hul perde behaal het, net om 'n onstuimige Adoons daar aan te tref.

"Daai kleinmeneer het iets gedoen wat die perd baie ontstel het!" val hy met die deur in die huis. "Ek het hom 'n inspuiting gegee, maar hy wil nie bedaar nie. Sy bene is ook vol skraapmerke."

"Waar is Tertius?" vra Kobus vies.

"Nee, ek weet nie, hy is nie hier nie en ook nie die bakkie en die perdetreiler nie. Hy het ook nog niks laat weet nie."

Kobus haas hom na die kraal. Toe hy die hings sien, stik hy behoorlik van ontsteltenis. In sy gedagtes sweer hy wraak op Tertius. Hy kry die kalmeermiddel in die hande en dien die hings nog 'n halwe dosis toe. Heeltyd praat hy in 'n kalm stem met die perd, maar die hings raak net al hoe wilder.

Adoons stap nader "Wag, meneer Kobus, hy ken jou nie so goed nie. Ek sal by hom bly vannag. Miskien sal hy môre beter voel."

Dankbaar vir Adoons se hulp, maar woedend vir Tertius, stap Kobus weg.

Tersia is nog in die vergetelheid gedompel met haar aankoms by die Konstantyn Hospitaal. Die senior Dokter ondersoek 'Pasiënt Onbekend' deeglik, en verwys haar dan na St Paris Hospitaal waar sy beter behandeling sal ontvang. So beland sy in 'n vreemde omgewing sonder dat iemand weet waar sy haar bevind.

Na vier dae mompel sy effens in haar beneweldheid en die dagsuster storm die kamer uit om die dokter aan diens te gaan roep.

"Toe meisie, wakker word, jy is al vier dae hier by ons, en ons kry niks noemenswaardigs verkeerd met jou nie, maar jy bly slaap. Toe jong, wakker word," praat die dokter paaiend met die onbekende meisie.

Weer mompel sy effens, maar geen teken nog van wakker word nie.

"Dit klink goed," sê die dokter vir die suster. "Miskien is sy besig om haar bewussyn te herwin. Bly maar hier by haar bed dat ons kyk of ons haar kan wakker kry."

Tersia bly onbewus van alles wat om haar gebeur en nog 'n dag gaan verby.

Kobus is teen hierdie tyd al heeltemal buite homself omdat Tertius, tesame met die bakkie en die perdetreiler steeds weg is. Hy kan hom nie indink watter sotheid Tertius aangevang het nie. Toe besluit hy om die bakkie as gesteel aan te meld. Hy het die knaap nou lank genoeg tyd gegee om tot sy sinne te kom en terug te keer met sý eiendom.

By die polisiestasie kry hy die mees ontstellende nuus.

"Nee man, jou bakkie is nie gesteel nie. Dit staan by oom Jorrie, dit was in 'n ongeluk met Klaas Wiese se vragmotor, al verlede week. Tag man, ons dog jy weet," antwoord die stasiebevelvoerder.

"Hoe sal ek weet as niemand my laat weet het nie?" Hy is woedend. Hy kan nog so half en half verstaan waarom die polisie hom nie laat weet het nie. Hulle het seker aangeneem oom Jorrie sou hom kontak. Maar oom Jorrie? Hoekom het dié hom nie laat weet sy bakkie staan daar by hom nie?

Die stasiebevelvoerder trek net sy skouers op.

"En wat bedoel jy met my bakkie was in 'n ongeluk?"

"Presies wat ek sê, wag, hier is die lêer ... Ja, daar was 'n jong drywer van Klaas in 'n bedenklike toestand en 'n bewustelose dametjie wat in die pad gelê het, die drywer van jou bakkie. Ons het aangeneem sy sou jou van die ongeluk verwittig sodra sy haar bewussyn herwin."

Hy skud sy kop. "Nee, die drywer van my bakkie was my voorman, Tertius."

Die konstabel trek grootoë. "Daar was nie nog 'n manspersoon op die toneel nie, meneer Verbeeck. Net die vragmotorbestuurder en 'n jong dame." Dit lyk of hy meteens diep dink terwyl hy skynbaar met homself verder praat. "Dalk was sy saam met hom in die vragmotor. Ons sal by hom moet uitvind... Die twee beseerdes is albei hier na die hospitaal geneem."

Gemengde gevoelens neem besit van Kobus. Hy gaan hospitaal toe om na die beseerdes te verneem, en uit te vind of hulle dalk enige inligting het oor Tertius.

"Nee, Oom, ek weet niks van jou drywer af nie, my vragmotor het kop tussen die bene gesteek en verder weet ek nie veel nie, ek verstaan daar was 'n bakkie met 'n perdetreiler en perd wat in my vragmotor vasgery het. Ek weet ongelukkig nie veel daarvan nie. Was seker maar bietjie katswink."

"En die meisie by jou, wie was sy?" vra Kobus.

"Nee gits, Oom, daar was nie 'n meisie by my nie. Ek was alleen."

Met 'n sug verlaat hy die kamer, en verneem dan by die verpleegpersoneel dat die bewustelose meisie na die Konstantyn Hospitaal oorgeplaas is.

Onverrigtersake vertrek Kobus na oom Jorrie om sy bakkie en perdetreiler te kry. Hy glo nie juis die beseerde drywer dat hy alleen in die vragmotor was nie. Die jongman jok seker om sy eie bas te red, aangesien hy weet dat Klaas nie toelaat dat sy drywers passasiers mag hê nie. En buitendien, waar sal die bewustelose meisie dan nou anders vandaan kom? Tensy sy saam met Tertius in die bakkie was ...

Sy gedagtegang word onderbreek toe hy by oom Jorrie se plaas arriveer en dié hom by sy voertuig ontmoet. Hulle stap dadelik na waar sy bakkie en perdetreiler staan en hy is geskok om te sien hoe erg beide beskadig is.

"Hoekom het Oom my nie laat weet my bakkie en treiler staan hier by oom nie?" Hy frons.

Oom Jorrie se oë rek. "Ek was onder die indruk daardie ouens van die insleepdiens het jou laat weet."

"Nee, Oom, hulle het nie."

"Jammer, Kobus, ek het self gewonder waarom hulle nie die bakkie en treiler sommer direk na jou toe geneem het nie, maar die een ou het net gesê my plaas is die naaste aan die ongelukstoneel en toe gevra of ek die goed vir tyd en wyl hier kan stoor. Ek het aangeneem hulle sou jou laat weet om reëlings te tref vir die betaling en ook vir die verdere sleep van die voertuie tot by jou plek. Jammer, man, as ek geweet het hulle het jou nie laat weet nie, sou ek jou gekontak het."

"Niemand het my van enigiets ingelig nie! Ek het vroeër vandag eers toevallig by die polisiestasie gehoor my bakkie en treiler staan hier by Oom."

"Nou verstaan ek waarom jy nou eers hier uitslaan. Ai, jammer, Kobus. Ek het nie geweet niemand het kontak met jou gemaak na die ongeluk nie. Ek wou nie druk op jou plaas om die goed te kom haal terwyl jy dalk sukkel met jou assuransie, of wat ook al anders, na die ongeluk nie. As ek maar geweet het, het ek jou eerder gekontak."

Kobus skud sy kop vies. Dat niemand daaraan gedink het om hom van die ongeluk te laat weet, of dat sy bakkie en treiler hier staan nie!

"Ek hoor daar was 'n meisie saam met Klaas se drywer in die vragmotor, seker dié dat hy die vragmotor daar om die draai omgegooi het." Duidelik is oom Jorrie nou lus vir skinder. "En jou drywer hardloop glo toe sommer weg en laat die perd en alles net so staan. Ja-nee, 'n mens kan nie meer vandag se jongmense vertrou nie. Ek wonder waar kan jou drywer wees, of het jy al intussen iets van hom gehoor?"

Kobus frons. Die konstabel het vroeër vandag eers die afleiding gemaak dat die meisie saam met oom Klaas se drywer in die vragmotor was, en die nuus loop al klaar die wêreld vol. Nee, dis darem te erg!

Hy sug beswaard. "Nee, Oom, Tertius is skoonveld, niemand weet waar hy is nie. Ek het netnou eers gehoor van die ongeluk en waar my voertuig staan, en toe hierheen gekom. Die skade lyk redelik erg, maar hopelik sal my voertuig en die treiler nie afgeskryf hoef te word nie. Ek sal die assuransie kontak en vra om te kom kyk of hulle dit kan laat regmaak. Kan dit maar hier by oom bly tot hulle daarna kom kyk het, asseblief?"

"Natuurlik."

Kobus stap terug na sy voertuig. Hy is nie lus vir oom Jorrie se skinderstories nie. Duidelik weet hy ook nie waar Tertius hom bevind nie.

"Ma, my bakkie het die dag van die skou al met een van oom Klaas se vragmotors gebots wat daar by blinkdraai kop tussen die bene gesteek het. Maar waar Tertius is, weet niemand nie," praat Kobus terwyl hy die stoep opstap waar sy ma hom inwag.

"Wat? Dis verskriklik!"

"Ja. Daar was glo 'n dametjie ook op die toneel. Bewusteloos. Die polisie het aanvanklik gedink sy was die drywer van my bakkie, maar na ek hulle netnou gesê het dat Tertius my bakkie bestuur het, vermoed hulle nou dat sy 'n passasier in die vragmotor was."

"Haai, Boetie, ek is stomgeslaan."

"Ek het 'n draai by die hospitaal gaan maak om te hoor of die drywer en sy meisie dalk weet wat van Tertius geword het. Hy ontken dat daar iemand saam met hom was, seker bang vir oom Klaas. En die hospitaalpersoneel sê hulle het die bewustelose meisie na Konstantyn Hospitaal oorgeplaas."

"My genade, Boetie, sê nou net die arme Tertius het by die bakkie uitgeval tydens die botsing en die arme kind lê nog daar iewers in die veld, en dat niemand hom raakgesien het nie? Het jy gaan kyk?"

"Nee, Ma, so iets is darem seker nie moontlik nie. Ek glo nie hulle sal 'n mens miskyk by 'n ongelukstoneel nie," antwoord hy, maar klink ietwat onseker.

"My kind, ek dink jy moet liefs gaan kyk. Fynkam die hele omgewing deeglik, veral in die veld langs die pad waar die botsing was. Tertius kan nie net in die niet verdwyn nie. Ag, my kind, sê nou net die stomme kind is dood?"

"Stop dit, Ma, moenie nou vir jou dinge verbeel wat nie so is nie. Hulle sou hom gekry het as hy daar was, dis nou maar seker. Maar as dit ma tevrede sal stel, sal ek daar gaan rondkyk," antwoord hy, nou self 'n bol senuwees.

Hy storm in die stalle se rigting, roep vir Adoons om saam met hom te ry en haas dan na die ongelukstoneel. Daar loop hy kopskuddend rond. Adoons loop ook met 'n diep frons in die veld.

"Meneer, as ons kleinmeneer darem hier vir Gods genade gelos is, is dit 'n skande sê ek vir jou!"

"Nee wat, Adoons, hier is niks, net mooi niks. Ons kan maar huis toe gaan. Ek het nie gedink hulle sou so 'n fout begaan nie, maar Mevrou het nou eenmaal besluit iemand was agterlosig. Kom ons gaan huis toe. Ek wonder darem maar wat van hom geword het?"

"Ja, my meneer, dis 'n snaakse ding. Ek verstaan dit glad nie. Hy was so lief vir die perde. Ek kan nie glo hy het net alles agtergelaat nie." Adoons is 'n diep bekommerde ou man. Sy bekommernis strek veel

135

verder as net die huidige. Hy dink aan die moontlikheid van 'n nuwe voorman, en hy sien spoke van die verlede van mans wat nie wou of kon saamwerk nie, mans wat veral vir hom opdraande gegee het. Hy sug diep.

"En nou, Adoons? As jy so sug?"

"Ag, Meneer, as kleinmeneer Tertius nie uitkom nie, wat dan? Gaan ons dan weer 'n ander een kry? Een wat miskien soos Tonie is? Een wat onse perde nie verstaan nie? Ek is bekommerd, Meneer. 'n Goeie plaasvoorman is nie sommer maklik te kry nie."

"Ag, Adoons, moenie die bobbejaan agter die berg gaan haal nie. Hy sal uitkom. Ek glo so. Ek kan nie 'n verklaring gee vir sy verdwyning nie, maar ek weet hy gaan uitkom. Kom, glo saam met my. Hy was 'n baie goeie plaasvoorman, hy het perde geken en liefgehad. En ons was almal lief vir hom," sê Kobus gelykweg. *'Lief vir hom'*, genade, is dit wat met hom aan die gang is? Is hy lief vir Tertius, soos 'n mens lief moet wees vir 'n vrou. *O Genade, Vader, behoede my van hierdie onding wat in my broei!* En hy vou feitlik dubbel aan die gedagte.

"En nou, Meneer?" vra Adoons bekommerd.

"Nee, dis niks nie. Kom, laat ons ry."

Terug in sy voertuig, praat Kobus weer. "Adoons, die somerveiling is op hande, oor so ses-sewe weke. Ons moet ons perde gaan uitsoek en nader bring dat hulle bietjie aandag kan kry. Sal jy later saam met my gaan sodat ons hulle kan uitsoek en huis toe bring?"

"Nee, is goed so, Meneer." Sy hart bly seer, maar as hy nou weer op die boerdery kan konsentreer, sal die bekommernis dalk 'n bietjie wyk.

"En toe, Boetie, enige nuus?" vra sy ma angstig waar sy op die trappies vir hom wag.

"Nee, Ma, net mooi niks nie. Ek het nie gedink ek sou iets kry nie, maar daar is net mooi niks. Ek verstaan glad nie wat van hom kon geword het nie." Die ou bekende pyn skiet weer deur sy wese. Hy krimp inmekaar.

Sy ma staan dadelik bekommerd nader. "Wat is dit nou? Asseblief, my kind, gaan sien ou Dok."

"Ma, ek makeer niks, niks waaraan ou Dok iets kan doen nie. Los my net 'n paar minute alleen, asseblief." Hy storm behoorlik by sy kantoor in en sak met 'n kreun op sy stoel neer.

"Ag, Vader, wat gaan met my aan? Help my, ek kan hierdie ding nie alleen dra nie," bid hy.

Sy ma het buite die deur bly staan en hoor die versugting van haar kind. Opnuut is sy baie bekommerd. Wat sou hom makeer, wonder sy vir die soveelste maal, en besluit dat sy ou Dok sal skakel en vra dat hy op 'n slinkse manier vir Kobus in die spreekkamer moet kry.

Sy gaan maak 'n sterk koppie tee en neem dit na Kobus se kantoor. Sonder om te klop, loop sy binne en steek in haar spore vas. Kobus lê met sy kop op sy hande. Toe hy opkyk, sien sy spore van trane op die groot sterk gesig.

"Moet niks sê nie, Ma. My probleem is so groot dat jy en ou Dok albei dit nie kan oplos nie. Dankie vir die tee."

"My kind..." sy kom staan langs hom en sit haar arm om sy skouers, "kan ou Dok nie maar net probeer vasstel of daar nie iets aan gedoen kan word nie? Ek kan jou nie ook verloor nie," pleit sy met 'n dun stemmetjie.

"Ou Dok kan niks daaraan doen nie, Ma." Hy sug hard en swaar. "Ek het die verkeerde persoon lief."

"My kind..." is al wat sy kan uitkry. "Bedoel jy ..?"

"Ja," antwoord hy met 'n stroewe gesig voor sy haar sin kon voltooi. Net die gedagte daaraan is te veel vir hom.

Sy vlug uit die kantoor en haas haar na haar kamer. Sy val op die kant van die bed neer en slaan haar hande saam.

"Ag, Vader, waar het ek gefaal as moeder dat so iets my kind moes oorkom?" bid sy ernstig en dan vloei die trane. Trane wat sy al terughou sedert Tertius se verdwyning. Sy huil vir haar kind se verbode liefde en vir Tertius se verdwyning. Sy bid lank en ernstig, dan was sy haar gesig met koue water en loop met vaste tred terug na waar Kobus nog steeds met sy kop op sy hande verkeer.

"My kind, nou verstaan ek heelwat beter. Maar gun Janet haar geluk saam met Tonie. Moenie hulle huwelik opbreek nie, asseblief."

"Waarvan praat Ma?" vra hy onthuts.

Sy frons. "Maar is dit nie van Janet wat jy gepraat het nie?"

"Nee, Ma, ek praat van Tertius. Ek het hom lief soos ma vir pa liefgehad het en pa vir ma. Ek wil hom vashou, ek wil hom troetel, Ma!! Ek weet nie meer watter kant toe nie. Hoe is dit moontlik dat ek 'n man kan liefhê? Hoe ma?"

"Tertius!! Tertius!!" Meteens sak sy op die vloer neer. Kobus is gou by en lig sy moeder tot op die naaste stoel. Hy skink 'n glasie whiskey en hou dit na haar uit.

"Drink dit," beveel hy op sagter toon.

'n Lang stilte daal tussen hulle neer.

Sy ma is so geskok dat haar hele menswees daarvan bewe. "Maar, kind, dit kan tog nie!"

"Ek weet, Ma, maar hoe keer ek dit? Ek het nie daarvoor gevra nie. Ek is weerloos in my verweer. Ek kan nie daarteen veg nie, ek kan nie." Hy klink behoorlik soos 'n klein seuntjie. Sy ma lê sy kop op haar skoot en vryf liefderik deur die hare.

"My kind, moenie moed verloor nie, die Alwyse sal uitkoms bied," praat sy filosofies.

Saam sit hulle so vir 'n lang ruk.

Kobus staan uiteindelik op en loop by die kantoor uit in die rigting van die stalle. Die vrag is van sy skouers af, en dis verbasend hoe goed hy voel. 'n Liefde so verbode ... en tog ook so verlig dat dit nou gedeelde liefde is.

Sy ma verstaan skielik so goed, al die buie, al die 'pyne' en haar hart bloei vir haar kind. "Ag, Here,

139

hoekom dit, hoekom ..?" bid sy byna opstandig en dan skud sy haarself reg en weer maak sy haar oë eerbiedig toe en bid.

"Here, my kind is in U hande. Lei U hom om hierdie ongevraagde, ongewenste liefde uit sy wese te kry. Here en gee hom vervulling in 'n mooi liefde sodat my kind ook geluk en liefde kan ondervind soos ek en sy pa ondervind het. Here, en daar waar Tertius is, bring hom terug na ons sodat ons kan verstaan hoekom hierdie dinge gebeur het. Amen."

Soos Kobus 'n rukkie gelede berusting gevind het in die wete dat sy geheim nou uit is, vind sy ook 'n hemelse vrede oor haar daal. Sy staan op om haar pligte in die huis te gaan nakom.

10

Daardie aand skakel Kobus Tertius se ouerhuis.

"Goeienaand, dis Hannes Vermeulen wat praat," antwoord Tersia se vader met sy diep rustige stem.

"Goeienaand. Ek is Kobus Verbeeck, mag ek asseblief met Tertius praat?" As daar nou een plek is waarheen 'n mens gaan wanneer jy in die moeilikheid is, dan is dit huis toe.

"Tertius? Wie ..." hy bedink homself net betyds. "O! Nee man, hy is nie hier nie. Hy is daar by jou op die plaas, dan nie?"

"Nee, hy is nie hier nie, meneer Vermeulen. Dis 'n lang storie, maar hy het verdwyn na 'n ongeluk met my bakkie en die perdetreiler. Ons het hom sedertdien nog nie weer gesien of van hom gehoor nie. Ek het gedink hy mag dalk daar by u wees."

"Sê jy vir my dat my kind in 'n ongeluk was en dat s-hý sedertdien vermis word?! Hoe is dit moontlik? Het jy by die hospitaal aangeklop?" Amper praat hy sy mond verby in sy paniek.

"Ons het alle moontlikhede ondersoek, maar Tertius is net weg. Ek is werklik bekommerd."

"Ek sou dink jy is bekommerd. Meneer Verbeeck, dis my kind wat hier ter sprake is, en jy sê hy is al hoe lank vermis?"

"Dis nou sewe dae sedert die ongeluk."

"Sewe dae?! En jy laat ons nou eers daarvan weet?" Hannes is smoorkwaad, 'n emosie waaraan hy nie graag uiting gee nie. Hy het nog altyd geglo dat woede jou niks in die sak bring nie.

"Meneer Vermeulen, ek is jammer, maar ek kan u nie 'n beter antwoord gee nie. Hy is van die skougronde af weg met my bakkie en 'n perd op die treiler sonder toestemming en sonder om enigiemand daarvan te sê. Die volgende wat ek hoor, is dat hy in 'n ongeluk was en toe spoorloos verdwyn het, en dat my bakkie en die perdetreiler 'n wrak is. Gelukkig het die perd nie veel oor gekom nie."

Hy skep diep asem en praat weer voort. "Ons het al alles gedoen wat ons kon om uit te vind wat van hom geword het, maar hy is net weg. Meneer, niemand weet iets van hom af nie. Niemand het hom by die ongeluk gesien nie. Dis iets wat ek ook nie verstaan nie. Ons het die toneel gefynkam, maar geen teken van hom gekry nie. Asseblief, ek is werklik bekommerd. As u weet waar hy is, sê my," smeek hy byna.

"Meneer Verbeeck, ek verseker u, ek weet nie waar hy is nie. Dis die eerste woord wat ek nou hiervan hoor, en jy maak my 'n uiters bekommerde vader. Waar kan my kind wees? Hy kan tog nie net verdwyn het nie? Dis onmoontlik, 'n mens verdwyn nie net nie. Is ... is my kind dalk ... oorlede en jy wil dit nie vir my sê nie?"

Kobus se hart mis 'n slag. "Nee, Meneer, u seun is nie dood nie, of altans, hy kan nie dood wees nie. Ons het orals ondersoek, maar kon hom nêrens vind nie. As hy dood was, sou ons tog op sy liggaam afgekom het..."

'n Kreun glip by Hannes se mond uit en hy vryf oor sy bors, by sy hart. "Is seker so," is al wat hy uitkry, dan beëindig hy die oproep.

Dit is reeds sewe dae wat Tersia in die hospitaal lê, salig onbewus van alles en almal om haar. Sewe dae wat sy in 'n diep slaap verval het, waaruit sy net nie kan breek nie. In haar wese het alles tot stilstand gekom en die lus om te veg vir oorlewing, ontbreek ook.

Verpleegsters en Dokters staan verslae. Daar is geen uiterlike teken van enige kopbeserings nie, en tog kan die 'slapende prinses' net nie ontwaak nie.

Die vraag: wie is sy, en wat het met haar gebeur, is op almal se lippe. Nietemin bly dit 'n raaisel.

"Toe, toe, Poppie, jy moet nou wakker word. Jy kan nie vir altyd slaap nie," probeer suster Steyn met haar pasiënt te kommunikeer.

"Ek gaan jou drup vervang, maar ek wil sien dat jy jou ogies oopmaak sodat jy kan sien wat ek doen. Toe jong, groot 'seblief," praat die vriendelik suster voort, maar ontvang geen reaksie van die vreemde gesiggie nie.

Sy werk handig en vinnig en maak weer die 'slapende prinses' toe met die laken en verlaat die saal om na ander pasiënte om te sien.

Heelwat later staan twee verpleegsters by haar bed toe die een vir die ander fluister, "Het jy gesien haar ooglede fladder?"

"O gaats, nee ek het nie. Is jy seker, nee man, daar is geen beweging nie."

"Ek kan miskien verkeerd wees, maar ek is seker die ooglede het gefladder. Kom ons hoop sy word nou wakker, daar is so baie wat ek haar graag sal wil vra."

"Jy moet net nie dat ou matrone hoor jy vra 'n pasiënt uit nie, sy sal die blou apie stuipe kry," lag haar vriendin.

Die volgende oggend noem nog 'n verpleegster dat die naamlose pasiënt se ooglede fladder, en skielik is sy die middelpunt van belangstelling.

Nog gebeur daar niks nie.

Op Verbeeck Boerdery wil sake nie heeltemal vlot loop nie. Kobus kan sy teleurstelling nie wegsteek nie. Hy reken Tertius kon al van hom laat hoor het, al is die knaap moontlik skaam en verleë oor hy met sy bakkie en perd weg is daar by die skou en toe nog boonop in 'n ongeluk betrokke was.

Kobus het Tertius nie opgesom as 'n lafaard nie. Eerder as iemand wat verantwoordelikheid sou vat wanneer hy verbrou. Blykbaar was hy verkeerd. Hy loop deesdae met 'n dikkop rond en die onsekerheid maak hom mal.

Adoons se gewone kalm geaardheid is skoonveld. Hy verwyt Kobus gedurig vir Tertius se verdwyning, totdat dié hom vererg en hom baie hard aanspreek en selfs dreig om hom af te dank. Hoe meer hy aan Adoons verduidelik dat hy niks met Tertius se verdwyning te doen het nie, hoe minder glo Adoons hom.

Tersia se familie vergader rondom die etenstafel en bespiegel wat met haar kon gebeur het, waar kan sy wees? Hoekom sou sy van die ongelukstoneel af vlug?

Ruben stel voor dat hulle 'n privaatspeurder nader om die saak te ondersoek. 'n Mate van tevredenheid daal stadig op die groep besorgde familielede neer.

Na 'n laaste koppie koffie vertrek almal huis toe met 'n meer geruste hart. Môre, oormôre, sal hulle weet waar Tersia is; sal hulle weet wat op Verbeeck Boerdery aangegaan het wat Tersia gedryf het om haarself uit die voete te maak.

Stadig maak Tersia haar oë oop en dit lyk kompleet of sy maar net geslaap en nou wakker geword het. Sy wil haarself uitrek, maar 'n steekpyn in haar arm laat haar vinnig daarna kyk en dan sien sy al die pype en masjiene waaraan sy gekoppel is.

"Wat is hierdie? Wat gaan aan? Hoekom is ek ..?"

"Toemaar, Prinses, jy het net 'n bietjie te lank geslaap na ons smaak en toe het ons maar vir jou

145

opgekoppel. Ons wou jou nie sommer onnodig wakker maak nie, jy het baie moeg gelyk. Voel jy nou beter? Nou kan ons vir jou 'n vorm invul en miskien ontslaan Dokter jou sommer vandag."

"Wat bedoel jy met 'vorm invul en dalk ontslaan die dokter my vandag'? Ek is nie siek nie. Altans, ek glo nie so nie," reageer sy ietwat onthuts.

"Soos ek sê, jy het bietjie lank geslaap, en dan is dit maar nodig dat 'n mens uitvind hoekom jy so lank slaap. Jy is van die platteland af hierheen oorgeplaas. Jy was eers daar in die hospitaal. Ek weet nie wat is verkeerd nie. Maar moenie nou jou mooi koppie daaroor breek nie. Sê nou eers vir ons wat is jou naam?"

"My naam? Gits, ek weet nie. Maar waar is ek en hoekom is ek hier?"

"Jy is hier in St Paris Hospitaal, maar ons weet ook nie hoekom nie. Sal nogal graag wil weet. Maar jy moet mos jou naam ken, en jy moet tog weet hoekom jy in die hospitaal is, dan nie?"

"Hoekom moet ek weet? Is ek in die hospitaal? Hoekom? Is ek siek?"

"Nie so baie vrae nie, jy sal hoofpyn kry. Ons weet ook niks nie. Het jou ook maar hier kom kry. En jy het so rustig geslaap, al vir sewe dae lank, dat ons begin wonder het of jy dalk Rip van Winkel is. Natuurlik kan jy nie wees nie, daarvoor is jy te mooi. Hoekom het jy jou hare so kort gesny?"

"Wat? Lê ek al sewe dae hier?" Sy wil gil, maar dan pyn die arm wanneer sy dit te hoog swaai.

146

"Toe nou, kalm wees. 'n Mens raak nie so opgewonde as jy sewe dae lank geslaap het nie. Jy moet nou eers die liggaam kans gee om wakker te word. Ontspan lekker, ek gaan roep die suster en die dokter, dan hoor ons wat gaan vir wat."

Sy wil teëstribbel, maar het nie die krag daarvoor nie, en moeg laat sak sy haar arm terug op die deken. *Sewe dae? Wat het met my gebeur?* 'n Grys kombers omvou haar geheue, sy kan nie onthou nie. Sy sluit haar oë en leun terug teen die kussings. Sy is sommer weer van vooraf ontsteld, maar voor sy enige reaksie kon toon, hoor sy 'n vriendelike stem met haar praat.

"En toe, ek hoor jy is wakker. Het jy lekker geslaap?"

Sy maak haar oë oop en kyk op in die mooiste bruin oë wat sy nog ooit gesien het.

"Ek is bly jy is nou wakker, ons het begin bekommerd raak. Was jy baie moeg?" Die suster glimlag gerusstellend.

Sy voel hoe sy ontspan, al kan sy nie dink hoekom sy nou juis moeg sou wees nie.

"Ek weet nie." Die heesheid in haar stem verklap hoe hierdie onsekerheid haar ontstel.

"Alles in die haak, niks om oor bekommerd te wees nie. Dokter sal nou hier wees en dan hoor ons wat hy sê. Hy is baie oulik en sal sommer gou-gou vasstel wat verkeerd is. Wat het jy gedoen voor jy aan die slaap geraak het? Weet jy, as ek lekker geslaap het, kan ek gewoonlik nie onthou wat gebeur het voor ek aan die slaap geraak het nie," klets die suster een strook voort.

Tersia besef nie dat sy feitelik aan die dink gesit word nie. Die grys newels laat egter nie 'n skrefie oop nie en sy weet werklik nie wat gebeur het net voor sy aan die slaap geraak het nie. Sy sluit haar oë en poog baie hard om 'n rigting oop te dink, maar tevergeefs.

'n Manstem onderbreek haar gedagtes. "En toe, Nooientjie, het jy uiteindelik besluit om jou oë oop te maak? Welkom hier by ons, hoop jy gaan jou verblyf by ons geniet."

"Wie is jy? Hoekom is ek in die hospitaal? Hoekom kan ek niks onthou nie? Wie is ek?"

"Stadig, nie so baie vrae nie. Jy vermoei jou onnodig. Ek is dokter Niemand," antwoord hy met 'n handgebaar. Stetoskoop in die ore begin hy haar ondersoek en die sterk persoonlikheid wat hy uitstraal onthou haar daarvan om nog vrae te vra. Gestroop van alle opstandigheid, ontspan sy terwyl sy haar oë weer sluit en toelaat dat hy haar deeglik ondersoek.

Hy glimlag net vir hierdie skielike onderdanigheid. Dit is normaal dat sy getraumatiseer sal wees. Sy stem is sag toe hy met haar praat en liggies uitvra. Sy is egter onmagtig om enige vrae te beantwoord. Sy wil-wil weer opstandig raak, maar sy kalmerende woorde is genoeg om haar weer te laat terugsak.

"Meisie, ek dink jy ly aan geheueverlies, maar ek glo dit is net tydelik. Ek dink as jy ontspan en nie onnodig druk op jou brein plaas om dinge te onthou nie, sal die toestand in 'n ommesientjie opklaar. Ek stel voor dat jy totaal ontspan, slaap soveel as moontlik. Jy moes 'n geweldige skok ondergaan het, en in 'n poging om hierdie seer en skok te verwerk, het jou brein tydelik sy geheue toegesluit. Sodra jou liggaam en siel genees het, behoort jy weer alles te onthou. Wees nou 'n soet dogtertjie en rus. Ek sien jou weer vanmiddag en dan gesels ons weer. Is dit goed so?"

Hy merk die effense opstand in haar oë flikker, en hy praat vinnig voort. "Ek gaan jou 'n ligte inspuiting gee sodat jy kan ontspan en slaap. Behalwe vir die skrape aan jou arms en bene sien niks fisies met jou verkeerd nie, so dit kon nie 'n motorongeluk of iets dergeliks gewees het nie."

Sy sit skielik regop. Motorongeluk ... flits dit deur haar geheue en dan sak sy moedeloos neer toe sy besef dit bring niks konkreets na vore nie.

Hy sien die skielike opflikkering en besef dat hy iets gesê het wat iewers in die onderbewussyn vasgesteek het. Hy herroep sy paar woorde en besluit om weer later vandag die woorde te herhaal om te sien of dit weer 'n uitwerking op haar het. Dit kan dalk daardie geslote deur oopsluit.

Kort daarna val sy in 'n diep slaap en is sy weereens salig onbewus van wat om haar aangaan.

Later die middag toe dokter Niemand weer besoek by haar aflê, is dit duidelik dat sy wakker is, al lê sy met toe oë.

Hy praat sag, asof hy met niemand in die besonder praat nie. "Ai, die motors wat so onverskrokke ry maak 'n mens baie bekommerd. Mense gee eenvoudig nie om nie. Hulle oortree die padreëls, maak ongelukke en dit traak hulle nie wie in die proses seerkry nie."

Hy sien dat haar bors effens vinniger op en af beweeg, maar slegs vir enkele oomblikke, en as hy nie bedag was op die reaksie nie, sou hy dit nie eens opgemerk het nie.

'n Ongeluk, dink hy. Sy was betrokke in 'n ongeluk, dis vir seker, maar om haar nou uit te vra daaroor, sal net 'n skulp om haar vou.

Terwyl hy na sy volgende pasiënt op pad is, is sy gedagtes heeltyd by die vreemde meisie in saal 9. Hoe kan hy uitvind wie sy is en die raaisel rondom haar geheueverlies opklaar? Asof in antwoord op sy vrae, sien hy 'n koerant op sy volgende pasiënte se bedkassie lê en sy oog vang die gesiggie wat stralend na hom staar. Fronsend lees hy die berig. 'Tersia Vermeulen word vermis en enigeen wat inligting kan verskaf word versoek om die volgende nommer te skakel.'

Hy gryp die koerant en nael die saal uit en laat 'n uiters verbaasde saalsuster agter.

Hy bestudeer die gesiggie vanuit die koerant en die een in die bed met konsentrasie om seker te maak sy verbeelding speel hom nie parte nie. Dan besluit hy dat dit een en dieselfde persoon is.

Hy sit die koerant baie saggies op haar kassie neer, sien dat sy wakker is, ten spyte van die toe oë. Vir 'n oomblik wonder hy hoe om haar aan te spreek en besluit om haar op haar naam te noem en te kyk wat gebeur.

"Hallo, Tersia."

Daar is geen merkbare reaksie van haar kant af nie.

Hy praat rustig voort, asof met 'n klein kindjie. "Toe, laat die dokter gou kyk waar die pyn is. Wys my asseblief dat ons iets aan die saak kan doen. So 'n mooi pasiënt mag nie hier lê met allerlei pyne waarvan ek nie weet nie."

Sy laat hom toe om haar te ondersoek, vra dan sag, "Hoekom het Dokter my netnou Tersia genoem? Is dit my naam?"

Hy glimlag skeef, maar wil nie dadelik verklap wat hy in die koerant gelees het nie. "Ek het maar net gedink jy lyk vir my soos 'n Tersia."

Hy draai om en stap uit op die balkon, ietwat teleurgesteld omdat sy nie op die naam reageer het nie. Hy sal gou die nommer in die koerant skakel. Miskien kan die mense wie na die Tersia-meisie soek, hierheen kom. As dit sý is, behoort hulle haar te herken.

"Koos Verwey, wat praat. Goeiedag," kom 'n baie stroewe stem na hom oor die telefoon.

"Goeiedag, meneer Verwey. Dokter Niemand hier. Ek dink die dame na wie jy op soek is, lê hier in my hospitaal. Sy is een van my pasiënte. Sy is fisies heel oukei en gesond. Sy kan net op die oomblik niks onthou nie. Ek vermoed dat sy in 'n motorongeluk was, maar sy kan dit nie bevestig nie. Ek het toevallig haar foto in die koerant gesien en jou nommer."

"Bedoel jy Tersia Vermeulen?"

"Ja."

"Man, maar ek is bly oor die nuus. Ek gaan sommer dadelik haar familie skakel. Hulle sal seker onmiddellik oorkom om haar te sien. Jy sê sy makeer fisies niks nie, behalwe geheueverlies?"

"Ja."

"Jy sê sy was in 'n motorongeluk?"

"Man, ek vermoed so, want wanneer ek van motorongelukke praat, is daar 'n ligte reaksie by haar. Miskien is dit ook maar my verbeelding."

"Baie dankie dat jy geskakel het, Dokter. Ek maak nou dadelik werk daarvan." Daarmee is die gesprek afgehandel.

Stadig stap hy terug na die pasiënt; kyk vir 'n paar sekondes na haar slapende gesig en gaan dan voort met sy saalrondtes. Voor hy van diens af gaan, maak hy eers gou weer 'n draai by die stil gesiggie op die kussing.

Hy staar lank na haar, en asof in antwoord, maak sy haar oë oop en vra fronsend, "Waar is ek?"

"Hier in die hospitaal, en ek is dokter Niemand, ek probeer vasstel wat jou oorgekom het. Sê my, het 'n motor jou omgery? Alhoewel jy slegs skrape opgedoen het, lyk dit tog vir my of jy bietjie hard met 'n motor kennisgemaak het." Hy hou haar gesig fyn dop vir enige merkbare tekens van herkenning.

Sy reageer nie regtig nie, maar hy merk duidelik die trek van spanning op haar gesig by die aanhoor van die woord 'motorongeluk'. Hy pers sy lippe vlugtig saam, oortuig dat 'n motorongeluk iets met haar toestand te doen het. Die tekort aan enige ernstige beserings bly egter vir hom 'n raaisel.

Hy gaan staan by die venster en staar na buite, praat ingedagte. "Die polisie is nogal sigbaar deesdae. Kyk net hoe ry hulle met hul perde in die strate rond." Hy draai terug na haar en sien dadelik dat sy meteens vlakker asemhaal. Met 'n frons op sy voorkop kom hy tot die gevolgtrekking dat daar ook iewers 'n perd in die prentjie moet wees. Hy vertoef nog 'n wyle, maar toe dit blyk dat sy ingesluimer het, stap hy uit.

Vroeg die volgende oggend daag haar vader en moeder by die hospitaal op. Sy is in 'n diep slaap en glad nie bewus van hulle teenwoordigheid nie.

Hulle is heeltemal seker van haar identiteit, bedank die dokter vir sy opmerksaamheid en verneem wanneer hulle haar kan huis toe neem.

"Stap saam met my," sê hy en lei hulle in die gang in, buite hoorafstand van die pasiënt.

"Meneer, Mevrou, daar is basies niks met haar verkeerd nie, behalwe die geheueverlies. Iets ernstigs het gebeur wat haar kwaai ontstig het. Ek vermoed sy hou nou terug, want om in hierdie beswyming te wees, pas haar uitstekend. Tot ons kan vasstel wat haar werklik oorgekom het, sal ons sukkel om haar uit haar beswyming te lig. Maar julle kan haar enige tyd huis toe neem. Behandel haar net sagkens. Ek is byna oortuig daarvan dat sy in 'n motorongeluk betrokke was, maar ek kan nie verstaan hoe sy slegs ligte beserings opgedoen het nie. Daar is ook iewers 'n perd in die prentjie. Op albei hierdie onderwerpe kry ek 'n skrale reaksie uit haar, maar niks konkreets nie."

"Sy was in 'n motorongeluk en daar was 'n perd in die treiler. Sy is gek na perde," antwoord haar vader. Tot die stomme verbasing van die dokter.

"Sy is 'n gekwalifiseerde veearts en spesialiseer in perde. Sy het vir 'n perdeteler gaan werk en haar voorgedoen as 'n man. Hy is nie bewus van al haar kwalifikasies nie en ook nie van die feit dat sy 'n vrou is nie. Ek is oortuig daarvan dat daar wel iets ernstigs moes gebeur het, ek weet net nog nie wat nie. Daar was blykbaar 'n skou en sy het glo van daar af met die perd en die bakkie verdwyn, en op pad met 'n vragmotor gebots. Dit is ongelukkig al wat ons weet, maar ons sal nog die fyner detail uitvind en die prentjie voltooi."

Haar vader sug beswaard voor hy verder praat. "Ons weet nie of daar dalk iets op die plaas tussen haar en die boer gebeur het, en of daar iets tydens die skou gebeur het wat haar ontstel het nie. Die boer vir wie sy gaan werk het, weet nie waar sy is nie. Hy weet dat daar 'n vrou op die ongelukstoneel gevind is, maar omdat hy onder die indruk verkeer dat Tersia 'n man is, weet hy nie dat dit eintlik sý is wat daar gevind was nie. Hy is heeltemal in die war oor die gebeure en kan nie verstaan hoe sy voorman net kon verdwyn nie. Ons het hom ook nog nie in kennis gestel dat ons nou weet waar sy is nie. Ons wou net eers seker maak dat dit wel Tersia is wat hier beland het."

"My genade, Oom, geen wonder daar is so 'n groot misverstand rondom die hele ding nie. Almal soek na die jongman, nie die dame nie. Dis nou 'n lekker storie die. Ek sou graag die boer se gesig wou sien wanneer hy besef sy voorman is toe al die tyd so 'n mooi, jong dametjie. Dis natuurlik hoekom haar hare ook so kort gesny is. Nou toe nou, te goed om waar te wees." Die dokter skater dit uit van die lag. Hy ruk hom reg en stap met die ouerpaar die saal binne.

Tersia skrik uit haar lomerigheid wakker en kyk om haar rond.

Moeder en vader buk gelyktydig oor haar en stik byna so oorhaastig is hulle om haar te groet.

Sy deins verward terug, en skok die ouerpaar orent toe hulle die angs in die fletsblou oë aanskou. Daar is geen herkenning in die ogies wat hulle deur skrefies beloer nie.

"Hallo, Tersia," sê haar ma sag toe die besef tot haar deurdring dat sy haar kind met fyn treetjies na die hede sal moet terugbring. "Ons is bly om te sien dat jy so goed lyk. Ons sal graag wil hê dat jy saam met ons huis toe gaan, voel jy lus vir die rit huis toe?"

Sy deins verder terug teen die kussing, en die dokter wys met sy oë dat hulle haar nie onnodig moet ontstel nie.

"Rus nou maar eers 'n bietjie. Ek en Pappa sal later terugkom en as jy lus is om huis toe te kom, dan pak ons jou goedjies," sê haar moeder met deernis.

'n Traan biggel stadig teen die hoek van die oog uit en toe haar moeder wil buk, hou die dokter haar terug deur sy arm voor haar uit te stoot. Hy skud sy kop en sy besef dat die oomblik dalk 'n deurbraak in die newels van die klein brose figuurtjie op die bed kon wees.

Met afwagting wag sy vir die eerste tree na herkenning en ontboeseming. Maar niks gebeur nie. Die traan het sommer so in niet verdwyn en die uitdrukking op die gesiggie bly niksseggend.

Die ouerpaar draai met 'n swaar gemoed om en stap saam met die dokter na buite

"Dokter, niks maak vir my sin nie," praat haar moeder. "Sy is 'n borrelende meisie, het al die liefde gekry. Daar was 'n wonderlike verhouding tussen ons. Wat het skeefgeloop dat my kind my nie eers herken nie? Haar werkgewer is self in die war oor haar vreemde optrede na die skou. Sy was werklik gelukkig daar op die plaas. Of so het dit geklink, altans. Ek verstaan glad nie. Sy is van kleins af mal oor perde en het veeartsenykunde studeer juis om met hulle te werk. En nou? Hoe gaan ek my kind weer terug op die ou paaie kry?"

Dokter Niemand sit sy arm vertroostend om haar skouers. "Wees geduldig, alles sal regkom. Sy het stilte en liefde nodig, maar geen versmoring nie, en baie normaliteit. Niks aansitterigheid nie. Behandel haar so normaal as moontlik. Kyk verby die toestand. Praat gewoon en handel normaal. Miskien moet ons die perd of motorongelukke uit die gesprek weer. Watter ander gunstelinge het sy? Miskien is dit tyd om dit na vore te bring. Wou sy nie praktiseer nie?"

"Sy wou, maar eers later, wanneer sy eendag getroud is. Vir nou wou sy sommer net haar uitleef met perde, soos sy dit altyd gestel het. Sy het 'n hond wat baie na aan haar hart is. Miskien sal aanraking met die hond dinge weer tot die hede terugbring. Of hoe, dokter?" vra sy hoopvol.

"Miskien. Maar moet niks op haar afdwing nie. Die hond moet sommer so vanself weer met haar vriende maak, dit moenie lyk of julle haar in 'n rigting wil dwing nie. Onthou, alles moet so normaal moontlik verloop," maan hy vir oulaas.

Albei ouers knik hoopvol en dan word reëlings getref om haar huis toe te neem.

Teen laatmiddag kom hulle tuis. Die hele familie en al die huismense is reeds gemaan om die dokter se instruksies streng na te volg. Daar is dus geen spesiale opgewondenheid te ondervind nie. Almal groet asof sy net op die dorp gaan tee drink het. Sy word na die sonnige sy-slaapkamer geneem wat uitkyk op die klein groentetuintjie en die swembad. 'n Toonbeeld van rustigheid. Sy toon geen teken van herkenning nie en sak net gewillig terug teen die kussings.

Tersia se moeder bring 'n koppie koffie vroeg die volgende oggend, asook 'n growwe beskuitjie – iets waarvoor sy nog altyd baie lief was. Trek die gordyne wyd oop en praat met haar asof dit die natuurlikste ding op aarde is.

"Kyk hoe lekker skyn die oggendson, die kartelinge van die swembadwater teken mooi prentjies so teen die binnemure van die swembad soos die son daarop skyn. Jy kan gerus regop sit en dit bekyk."

Van die bed se kant af is daar geen wesenlike beweging nie.

Sy moet al haar kragte inspan om niks van die sinkende gevoel van teleurstelling te verklap nie. Terwyl sy uitstap praat sy verder met haar dogter. "Ek sal netnou vir jou lekker ontbyt bring. Wat van spek en roosterbrood, gebraaide stukkie appel met 'n skuimpie room daarop?"

Geen antwoord nie.

Sy sug klankloos, hierdie is baie moeiliker as wat die dokter dit laat klink het. "Sien jou bietjie later. Moenie jou koffie vergeet nie."

Op die bed is daar 'n roering van ongeduld en dan maak sy haar oë oop. Sy herken glad nie haar omgewing nie, beur effens orent en val maar weer terug teen die kussings. Vergetelheid blyk die beste te wees onder die omstandighede. 'n Wrang trek verskyn om haar lippe, *watter omstandighede?* Haar brein wil nie heeltemal saamwerk nie en sy sluimer weer in, net om minute later met 'n ruk wakker te skrik. Die geur van gebraaide spek en appel beur in haar neusgate op en sy maak weer sku haar oë oop.

Diep, baie diep wil iets registreer, die gebraaide appel, die geur van spek ... hoe ... waar ..? Sy lig haar liggies teen haar arms op en sit-leun teen die kussing. Sy konsentreer met mening, maar dit is asof haar brein nie gereed is vir die 'ontwaking' nie.

Toe haar moeder inkom met die ontbyt, sit-leun sy nog teen die kussings en neem die bord kos dankbaar in ontvangs. Sy neem haar voor om die ontbyt te geniet, maar nog is die brein traag om te reageer.

Haar moeder steek die teleurstelling diep weg en knoop 'n gesprek aan oor die weer en algemene aangeleenthede.

"Wat het van Prins geword?" vra Tersia onverwags. So onverwags dat syself skrik vir haar stem.

'n Ongekende opgewondenheid bruis in die moeder-hart op, sy moet haarself dwing om in 'n gelykmatige stem te antwoord. "Hy is maar hier rond, en honger om weer met jou te baljaar." Mag dit die 'ontwaking' wees, skrei haar hart.

Tersia reageer nie op die woorde soos sy verwag het nie. Al wat sy doen, is om haar kop een keer te knik.

Ten minste eet sy haar ontbyt met effens groter entoesiasme, en weer wel 'n opbruising in haar moeder se hart op. Die ete word in stilte genuttig en toe sy haar bord agteruit stoot, vra haar moeder asof outomaties, "Wat van nog 'n snytjie roosterbrood saam met jou tee?"

Tersia skud haar kop en sak weer teen die kussings terug. Sy dwing haar brein om in hoogste rat te kom. *'Prins' waar kom ek aan dié naam?* Haar moeder het geantwoord dat hy nog hier rond is... Sy druk haar brein in 'n rigting waarvoor hy skynbaar nie gereed is nie, en met 'n fisiese pyn op haar bors besef sy dat die proses nie so eenvoudig is nie.

Maar weer probeer, is die regte geweer, por sy haarself aan, en wonder dan waar sy daaraan kom.

Met groter bereidwilligheid dwing sy haar gedagtes terug, en met moeite orden sy dit wat net so 'n skrefie loer. Met groter vasberadenheid sit sy regop.

Wanneer haar moeder heelwat later met 'n koppie tee binnestap, moet sy haar verbasing vinnig versluier. "En toe, my liefie, voel jy beter? Kan ek jou nie op die stoep uitneem nie? Dis beslis koeler daar as hier in jou kamer. En dan geniet ons ons tee saam met Pappa. Toe, kom ek help jou?"

Die gesiggie op die bed bly stroef, maar toe sy nie teenstribbel nie, neem sy haar aan die arms en help haar uit die bed.

Haar vader glimlag breed toe hy haar sien.

Moeder draf weer terug om hulle tee te gaan haal. In stilte sit hulle etlike oomblikke, elkeen met sy eie dankbaarheid in sy hart.

"Moeder, ek wil net weer my lewe terughê. Ek wil weer Tersia wees. Help my," smeek sy saggies.

Haar vader en moeder beweeg nader, trek haar aan die hand op en druk haar teen hulle vas. Sonder woorde staan hulle vir 'n geruime tyd so in omhelsing.

Sy laat los en sak terug op haar stoel. Meteens speel die gebeure van die afgelope maande helder voor haar geestesoog af.

"Mamma, Pappa, ek was 'n gek," begin sy snikkend.

Haar vader druk haar liggies teen hom vas. "Shh, raak eers rustig, meisiekind, ons kan later hieroor praat."

Sy skud haar kop, stu voort. "Ek het gaan staan en verlief raak op Kobus Verbeeck, maar dit eers besef tydens die perdeskou en toe het ek een van die perde, wat eintlik my gunsteling was, sonder toestemming geneem en van die veiling af weggejaag met een van Kobus se bakkies en perdetreilers. Nugter weet wat ek nou eintlik gedink het. Maar ek was in 'n ongeluk toe iemand aan die verkeerde kant van die pad voor my beland het. Ek onthou nie veel verder nie."

"My kind," reageer haar vader. "Jy was lank in die hospitaal voor iemand jou herken het aan 'n foto in 'n koerantberig, en ons laat weet het. Kobus Verbeeck het jou ook gesoek, maar omdat ons nie geweet het

161

wat die omstandighede was nie, het ons hom nie laat weet dat ons jou gevind het en dat jy hier is nie. Hy is 'n baie bekommerde man. Ons moet hom laat weet."

"Wag, Pappa, moet eers niks sê nie, laat ek net eers myself word, dan kan ons besluit wat en hoe om vir hom te sê." Baie moeg beur sy orent.

Haar moeder loop saam met haar terug na haar kamer waar sy op die bed neersak.

11

'n Week gaan verby waarin sy haar huismense toelaat om haar te vertroetel op haar pad na herstel.

Maandagoggend verskyn sy vol bravade in die kombuis terwyl haar moeder besig is om ontbyt voor te berei.

"En nou, Tersia, as jy so vroeg uit die vere is?"

"Ek het besluit om Kobus nie te laat weet dat ek eintlik Tersia is nie. In elk geval nie nou al nie. Ek sien nie kans vir sy gramskap wat heel waarskynlik gaan volg nie. Ek gaan ook nie aan hom erken dat ek hom liefhet nie, want dit mag hom dalk net in 'n ongemaklike posisie plaas. Ek wil 'n man hê wat my ook ten volle terug liefhet. Dus het ek besluit om Amerika toe te gaan en die meesterskursus te gaan loop waarvan ek nog altyd gedroom het. Dan gaan ek in Texas op 'n perdeplaas werk. Ek weet nie hoe lank ek gaan weg wees nie, maar dit maak nie saak nie. Miskien twee jaar, miskien drie. Daarna sal ek terugkom en as Kobus Verbeeck se spook my nog jaag, sal ek hom gaan opsoek."

"Maar, my kind, is jy sterk genoeg om so 'n gewigtige saak aan te pak?" vra haar moeder.

Vader kom by die deur ingeloop en vra so terloops watter gewigtige saak dan nou so vroeg bespreek word.

Ook hy is stomverbaas om van die nuwe besluit te verneem. Hoe die ouerpaar ook al walgooi, Tersia het haar besluit geneem, en soos hulle maar te goed weet, gaan hulle haar nie anders oortuig nie.

Die rekenaar word in die volgende paar dae en weke warm gewerk om al die reëlings en besprekings vir die vlug, verblyf en toelating tot die Universiteit van Chicago te bevestig. Dan is dit klere en boeke wat gepak en verskeep moet word, en te gou na die ouerpaar se sin, is Tersia op pad na haar nuwe bestemming.

"Moenie bekommerd wees nie, ek sal in een stuk terugkom," wuif sy haar ouers toe en dan verdwyn sy deur die finale deure wat hulle van haar skei vir die onbekende toekoms.

Terwyl die ouerpaar stadig huiswaarts keer, herroep elkeen die laaste paar oomblikke op die lughawe. 'My kind, moet nou nie gaan staan en verlief raak op 'n Amerikaner nie. Ag, my kind, jy moet tog gereeld van jou laat hoor. Ag, my kind ...' maal dit deur elkeen se kop.

Tyd wag vir niemand nie en die maande snel verby. Voor Tersia haar oë kon uitvee, is sy reeds ses maande in die verre vreemde en pas klaar met haar eerste groot eksamen.

Vir die volgende drie maande moet sy by 'n groot perdeskool diens doen as deel van haar prakties. Sy is so opgewonde soos 'n skooldogter op haar eerste afspraak met haar maanhaar seunsvriende.

In Suid-Afrika wag daar 'n verrassing op Tersia se ouers toe hulle van 'n uitstappie tuiskom. Kobus Verbeeck wag hulle met krom skouers in en skielik weet hulle nie hoe om die nuus aan hom oor te dra nie. Na 'n koppie koffie en 'n kort gesprek oor ditjies en datjies kom hulle tot die belangrike punt van hierdie kuier.

"Kobus, seun, ons het haar met 'n baie lang ompad opgespoor en sy is tans in Amerika waar sy om 'n meestersgraad in perdeboerdery studeer."

Kobus skud sy kop. "Oom praat van 'haar' en 'sy', maar ek is op soek na Tertius."

"Ag, ekskuus, Kobus, ek het vergeet jy weet nog nie dat Tertius eintlik Tersia is nie. 'n Volbloed dametjie."

"Wat?" Hy moet al sy kragte inspan om nie in woede uit te bars nie. Hoe durf Tertius hom so bedrieg?!

"Ja, sy het 'n graad in veeartsenykunde en het by jou gaan werk omdat sy so mal is oor perde, en jy blykbaar die beste stoetery in die land het." Hy huiwer 'n oomblik voor hy byvoeg. "Sy het gehoor dat jy nie juis ooghare het vir vroue nie, en het daarom besluit om haarself as 'n man voor te doen."

"Waar kom sy daaraan? Nee, toemaar, ek het gehoor daar loop allerhande leuens oor my rond. Gaan maar voort, Oom."

"Wel, na die ongeluk het sy aan geheueverlies gely en kon selfs nie eens vir óns onthou nie. Nou studeer sy in Amerika en na afloop van haar meestersgraad gaan sy op 'n perdeplaas in Texas werk. Ons weet nie hoe lank sy gaan weg wees nie, en kan jou nie eens 'n adres gee nie." Haar pa weet dit is 'n leuen dat hy nie 'n adres kan gee nie, maar Tersia het hulle laat belowe dat hulle nie sal verraai waar sy haar bevind nie.

Kobus is momenteel stomgeslaan. Sy asemhaling is vlak. Die woede kook in hom, maar skielik voel dit of daar 'n las van sy skouers val. Hy spring in die lug en dans. Hy omhels eers die tante en toe die oom; besef skielik hoe vreemd sy optrede moet lyk en gaan sit weer op sy stoel.

"Sien Oom, Tante, ek het nie geweet Tertius is eintlik 'n vrou nie, en het teen my natuur gaan staan en verlief raak op die mooie jongman, en byna my ma 'n hartaanval gegee toe ek uiteindelik met die hele mandjie patats vorendag gekom het."

Hy bly 'n oomblik stil, laat die gevoel van opwinding toe om deur sy wese te trek. "Magtie, maar dis die beste nuus wat ek in 'n lang tyd gekry het. Nou moet ek hierdie meisiekind net opspoor en terugbring hier na waar sy hoort. En Oom, Tante, julle moet my help, asseblief. Ek moet weet waar sy is. Ek sal

Amerika plat loop op soek na haar, maar terug moet sy kom."

Kopskuddend praat hy voort. "Gits, ek kan nie die meisiekind so lief hê en sy is nie hier om daarin te deel nie." Sy skouers is weer regop en nie so krom soos toe hy hier gearriveer het nie.

'n Skielike impuls om die jongman aan haar hart te druk en Tersia se adres te verklap, vul die moederhart.

Haar man lees haar gedagtes en tree dadelik tussenbeide. "Jammer man, ons sal jou graag wil help, maar ons het nie 'n adres in die stadium nie."

Kobus is egter nie oortuig nie en herhaal hoe belangrik dit vir hom is om wel so gou moontlik met haar in aanraking te kom.

Goedig beloof albei om hul bes te doen om haar adres in die hande te kry en hom te laat weet.

"Gee my dan haar telefoonnommer dat ek met haar kan kommunikeer, asseblief," pleit hy.

Gedagtig aan hulle belofte aan Tersia, antwoord haar pa ewe sedig dat hulle dit sal kry en vir hom sal laat weet.

Hy pers sy lippe saam, diep teleurgesteld. Dit voel of hulle hom so pas leë beloftes gegee het. Stadig staan hy op, groet en vertrek.

Hy ry terug na Verbeeck Boerdery met skouers wat weer hang. Hy het Tertius ... nee ... *Tersia* gekry, maar ook nie gekry nie. Sy gedagtes dwaal na die nooientjie by die perdeskou wat sy oog gevang het destyds, en 'n voorgevoel dat dit sý was, kriewel in sy binneste. Hy kon nie so sterk gevoel het oor 'n totale vreemdeling nie. Sy wou sweerlik keer dat hy haar herken, veral nadat hy aan haar gestamp het by die kosstalletjie, daarom dat sy haarself so vinnig uit die voete gemaak het...

Hy word weer vies as hy dink dat sy hom bedrieg het deur oneerlik te wees oor haar kwalifikasies en deur voor te gee dat sy 'n man is. Tot 'n mate verstaan hy tog waarom sy dit gedoen het, maar waarom het sy dit nooit aan hom erken nie? Sy moes tog sekerlik tydens haar verblyf op die plaas agtergekom het dat die stories oor hom nie waar is nie. Waarom het sy hom nooit in haar vertroue geneem nie? Waarom het sy ook nie nou, na die ongeluk en na sy weer haar geheue teruggekry het, kontak met hom gemaak nie – al was dit dan net om uit haar pos te bedank? Beteken dit dat sy niks vir hom voel nie? Beteken dit dat hy 'n vergeefse liefde vir die klein snip het?

Hy skud sy kop en 'n diep sug ontsnap sy bors wat nou voel of dit hom wil versmoor. 'n Liefde so groot en nie 'n antwoord daarop nie. Hoe is dit moontlik?

Terwyl die wiele die kilometers afrol huis toe, herroep hy haar verblyf op sy plaas. Sien hy haar op Fleur se rug daardie eerste dag. Skielik voel hy soos 'n skurk omdat hy die befoeterdste perd wat hy besit vir haar laat opsaal het. Maar dan swel sy bors van trots as hy haar in sy verbeel-ding sien: fier en vol selfvertroue waar sy op Fleur se rug wegtrippel die veld in ... of toe sy daardie jong hingste die een na die ander ingebreek het...

"Wat 'n vrou," prewel hy.

Sy hart trek pynlik saam. "Ek het haar lief!" roep hy uit, en sy voet sak dieper op die petrolpedaal. As haar ouers hom dan nie wil help om haar te vind nie, sal hy dit maar op sy eie moet doen.

Hy sug. Sy ma sal bly wees om te hoor dat hy nie meer op 'n man verlief is nie. Dat dit eintlik Tersia is wat sy hart gesteel het.

Hy sal ook vir Adoons moet vertel dat Tertius 'n vrou is, en hy wonder vlugtig wat dié daaroor te sê gaan hê. Hy het haar so te sê verafgod. 'My kleinmeneer' het hy haar genoem, asof hy alleen seggenskap op haar gehad het. Hy klik sy tong, praat sommer hardop met homself: "My kleinmeneer, gmf! Se voet! Sy is eerder my klein juffrou ... nee, dit pas nie by haar nie, al is sy so fyntjies."

Hy is so verdiep in sy eie gedagtes dat hy skoon verby Verbeeck Boerderye se afdraai ry. Verleë slaan hy remme aan en maak 'n U-draai.

Na hy parkeer het, roep hy na sy moeder terwyl hy nog aangedraf kom. Hy skree en dans tot op die stoep en spring haar byna onderstebo.

Hy gryp haar om die middel. Opgewek swaai hy haar in die rondte. "Moeder! Hy is 'n vrou, hy is 'n vrou."

"Wag, Boetie. Sit my neer, ek verstaan nie kop of stert wat jy sê nie."

"Ma, Tertius is toe al die tyd Tersia, 'n vrou! So, ek kan haar liefhê en met haar trou, verstaan Ma nou?" Weer swaai hy in die rondte met 'n uitroep van vreugde.

Sy skud haar kop verward. "Jy bedoel hy ... sy het ons al die tyd om die bos gelei? Genade, Boetie, jy gaan darem op jou neus kyk wanneer die storie in die vallei bekend word dat die slim Verbeeck hom toe deur 'n ou klein dametjie aan die neus laat rondlei het." Sy lag senuweeagtig, meer van verligting oor die liefde wat so onverhoeds in haar seun se hart kom nesskop het, en nou blyk nie verbode te wees nie.

Adoons, wat daar in die omgewing was en deur nuuskierigheid nader gedwing word, skud sy kop. Hy het natuurlik nie meneer Kobus se volle storie gehoor nie, maar wat wel soos 'n paal bo water uitstaan, is dat hier eersdaags 'n vrou op die plaas gaan wees wat hom gaan rond order. 'Adoons, doen dit... Nee, Adoons, nie so nie, só... Adoons, saal vir my 'n perd op... Adoons, lei hom koud... Adoons ... Adoons ...' en sy hart sak tot in sy skoene. Die lewe was vir hom nog net goed op hierdie plaas. Ou-mevrou was soos 'n ma vir hom, maar 'n jong vrou met al hulle voor- en afkeure...

Diep ongelukkig strompel hy terug stal toe waar hy teen Fleur se nek sy lot bekla. "Ag, as my kleinmeneer maar hier kon wees, dan sien ek vir enigiets kans, want niks gaan ooit weer dieselfde wees nie. My kleinmeneer sal my nie laat rond order deur 'n vrou nie."

Soos die dae en weke verbysnel raak Kobus al hoe humeuriger en dit is later vir almal 'n straf om net naby hom te wees. Selfs die diere voel sy onvergenoegdheid aan en is nie so geneë om gesaal en getoom te word nie.

Al sy pogings om Tersia opgespoor te kry, het op niks uitgeloop. Hoe kan niemand enigiets van haar weet nie? Wil niemand hom help nie? Is die hele wêreld dan teen hom?

Tot dusver het hy nie lus gehad om vir Adoons te vertel dat Tertius in werklikheid 'n vrou is nie. Sy ma se woorde dat mense hom gaan uitlag, eggo nog in sy ore.

Met tye is hy kwaad wanneer hy daaraan dink dat Tersia hom eintlik lelik bedrieg het. Hy kan egter nie ophou om aan haar te dink nie. Dit is deesdae ook makliker, eintlik normaal, om aan haar as 'n vrou te dink. Tertius het stelselmatig vir hom Tersia geword.

By die stal gaan hy staan en kyk na sy geliefde Bismarck. Dié speel nou tweede viool, want Thunder se vullens is in 'n ander klas, en die kwaliteit straal uit elke boksprong wat die jong vullens gee. Selfs hy, wat Kobus is, moet erken dat die aankope werklik 'n baie groot aanwins vir sy boerdery is.

Met 'n frons op sy voorkop oorweeg hy dit om Bismarck op die eerskomende vendusie te verkoop en sodoende sy voortplanting op die plaas af te sluit. Met nougetrekte oë betrag hy die teelhings weer en wonder vir die soveelste maal wat Tersia aan die perd sien haper het.

Hy skud sy kop en draai onvergenoeg om. Die gedagte dat Tersia Bismarck nie hoog aangeskryf het nie, krap hom steeds om.

Intussen is Tersia bedrywig op 'n groot perdeplaas met diere wat nie werklik aan haar standaarde voldoen nie. Die eienaar het haar gevra om die perde van swakker gene uit te wys sodat hy van hulle ontslae kan raak en beter geteelde diere kan aanskaf.

Sy sal die snoeiskêr diep moet inlê, aangesien die meeste perde die een of ander afwyking het, moontlik as gevolg van inteling en kruisteling. Na dae se sortering bly daar maar weinig diere oor; of meer spesifiek, weinig merries en geen hings...

Aanvanklik is die boer nie tevrede met haar eindresultaat nie, maar na beraadslaging van etlike ure, stem hy teensinnig in tot die verandering.

Die volgende oggend is dit 'n groot gewerskaf om al hierdie perde te roskam en skoon te kry vir die vendusie wat eersdaags sal plaasvind.

Met groot teleurstelling sien die boer hoe sy perde een vir een onder die hamer kom.

Hy en Tersia bespreek daarna vir 'n paar dae lank waar hulle stoetperde te koop kan kry en word daar op 'n paar vendusies besluit. Alhoewel baie teleurgesteld oor die min perde wat hy oorgehou het, begin hy uitsien na die aankope van nuwe bloedlyne.

Tyd snel vinnig verby en voor hy sy oë kon uitvee, het hy 'n hele nuwe stoetery en is Tersia besig om die merries vir elke hings afsonderlik te sorteer. Sy verduidelik breedvoerig waarom sy elke merrie met 'n spesifieke hings paar.

Haar geesdrif is aansteeklik en kort voor lank gesels hy kliphard saam. Hy is dankbaar dat hy besluit het om deel te wees van die sortering van die diere. Die persoonlike hantering van die perde het hom 'n groter besitreg asook waardering vir sy stoet gegee. Haar keuses getuig van diepe kennis en sy vertroue in haar groei met rasse skrede.

Hy is 'n diep tevrede man toe hulle baie later van die stalle huiswaarts keer. In sy enigheid skel hy sy vorige voorman wat vir etlike jare die boerdery op sy eie behartig het en hóm as't ware belet het om in te meng. Hy besef vandag eers hoe verkeerd dit was om totaal te onttrek, bloot omdat hy die bombastiese voorman volkome vertrou het.

Moeg, maar baie tevrede, stort Tersia daardie aand en klim met 'n seer lyf in die bed vir 'n welverdiende rus.

Slaap bly haar ontwyk en toe sy eindelik insluimer, droom sy sy val en Bismarck staan voor haar op sy agterpote, duidelik vyandiggesind teenoor haar. Hy kap na haar met mening en sy het al haar vernuf nodig om uit sy pad te bly.

Natgesweet skrik sy wakker en dit klink of iemand aan die deur klop. Sy is onmiddellik helder wakker, maar toe sy die deur oopmaak, is dit die groot rifrug hond wat stert swaaiend haar kamer binnestorm en hom voor haar bed tuismaak.

Die slaap bly haar nou vir goed ontwyk. Sy kan haar gedagtes nie keer waar hulle op Verbeeck Boerderye en by die baas van die plaas ronddwaal nie... Sy wonder hoe dit met Kobus gaan en hoe Thunder se vullens lyk. 'n Intense verlange om Kobus te sien en net weer tussen sy diere te beweeg, oorweldig haar.

Vir die eerste keer herroep sy die gebeure tydens die skou en haar impulsiewe besluit om van die perseel af weg te jaag, en boonop een van die perde saam met haar te neem... Met mening skud sy die herinnering af en draai vasberade om vir 'n verdere slapie.

Die volgende oggend is sy vroeg op die been en by die stalle net om seker te maak dat al die diere gemaklik met hulle nuwe indeling is en dat hulle nie gedurende die nag amok probeer maak het nie.

Sy bekyk elke perd weer noukeurig en kan nie help om trots te voel oor haar keuses nie. So verdiep is sy in haar gedagtes dat sy nie agterkom dat die boer en 'n besoeker ook die skouspel dophou en kommentaar lewer nie. Sy skrik effens toe hy skielik agter haar praat, maar groet hulle dadelik vriendelik.

Dit blyk dat die besoeker beïndruk is met haar werk en maak geen geheim daarvan nie. Vir 'n hele ruk word die perde druk bespreek en dan lui die ontbytklok en stap die boer en sy vriend huiswaarts.

Sy vertoef nog 'n wyle voor sy ook aanstryk huis toe. Sy besef dat haar sandlopertjie hier in die verre vreemde besig is om uit te loop en is tot 'n mate jammer dat sy nie die aanwas sal sien en waardeer nie. Dan troos sy haar daaraan dat daar 'n tyd vir alles is. Ook 'n tyd om terug te gaan en Kobus in die oë te kyk; om verskoning te vra en haar optrede te verduidelik.

Na haar proeftydperk op die plaas verstryk het, keer sy terug na die Universiteit waar dit nou bloot 'n formaliteit is om haar finale uitslag te kry. Sy is skielik onvergenoeg met die tyd wat te stadig na haar sin verbysleep. Sy wil huis toe, drie jaar in die vreemde is nou genoeg en 'n intense verlange na haar land en sy mense oorweldig haar.

Sy is net besig om haar tasse te pak toe haar lektor haar skakel en vra dat sy hom moet kom sien. Terwyl sy haar na sy kantoor haas, is sy gelyktydig half-ongeduldig en half-opgewonde oor wat hy met haar wil bespreek.

Hy verduidelik dat 'n groot perdeskou in die suide van die land gehou gaan word en vra of sy as spreker daar sal optree. Sy is totaal oorrompel deur die gedagte omdat dit haar verblyf langer gaan uitrek as oorspronklik beplan. Maar sy is ook nuuskierig om die spog diere van daardie streek te sien.

Hy bespreek die tema waaroor hulle wil hê sy moet praat, en sy stem ietwat onwillig in.

Vir die volgende paar dae is sy hard besig met navorsing en voorbereiding vir haar toespraak en sing die sleutels van haar rekenaar se sleutelbord soos sy inligting versamel. Tevrede dat sy die tema volledig gedek het, snel sy in haar gehuurde motor na die perdeskou.

Sy verlustig haar aan die uitstaande kwaliteit van die perde en raak skoon liries, tot groot vermaak van die uitstallers. Sommige van die manlike spesie takseer haar op die baadjie en verlustig hulle in wat hulle beskou as haar eerste kontak met spog diere. Toe sy op die podium staan en haar luisteraars toespreek, is die meeste van hulle stomgeslaan oor haar uitgebreide kennis. Sy word staande toegejuig en tydens vraetyd is daar maar min manne wat dit wil waag om haar aan te vat.

Een brawe jongman tree na vore en vra waar sy so 'n diepe kennis van die diere opgedoen het. Glimlaggend verduidelik sy dat dit haar lewenspassie is.

Op pad na haar motor storm 'n paar boere op haar af, wens haar geluk met 'n uitstekende toespraak en nooi haar uit om haar kennis met hulle op hul plase te kom deel. Sy glimlag net en sê dankie vir die komplimente. Twee van die boere is bereid om haar enige salaris te betaal wat sy vra, solank hulle haar dienste kan bekom, maar haar hele wese smag daarna om terug te keer na haar land en haar mense.

Die hoof van die universiteit nooi haar om as lektor aan te bly, maar sy verduidelik met heimwee in haar stem dat haar land en sy mense nou haar eerste prioriteit is. Drie jaar is 'n lang tyd om weg van die huis te wees.

Noudat sy besluit het om terug te keer, kan sy nie meer wag om op die vliegtuig te klim nie. Gestewel en gepak arriveer sy op die lughawe ure voor haar vertrek en kry sy kans om van die land en sy mense afskeid te neem.

'n Paar lektore van die universiteit is ook daar tesame met die hoof en uit die gesprekke en goeie wense is dit duidelik dat sy goeie vriende hier gemaak het.

So eindig haar verblyf in die vreemde. Nostalgies oor die pragtige land en sy mense en bowenal die lieflike perde wat sy onder oë kon kry.

Sy slaak 'n sug van verligting toe sy uiteindelik in die lug is en kan ontspan. Met oorgawe gooi sy haar kop agteroor en is byna onmiddellik aan die slaap. Die sagte gesus van die Boeing het haar ver en diep in droomland ingeneem.

Toe die deure oopgaan op Suid-Afrikaanse bodem, is sy byna eerste om haar handbagasie te gryp en vorentoe te beweeg. Sy adem die lug diep in. 'n Diepe dankbaarheid kom nestel in haar binneste om net weer op eie bodem te kan wees.

Sy het nie haar familie laat weet op watter vlug sy gaan wees nie en verwag niemand op die lughawe nie. Sy ontvang haar bagasie en drentel stadig deur die lughawe, lees elke advertensie en adem elke geur

177

vanuit die verskillende kiosks in, en dan staan sy buite. Sy stuur 'n kort skietgebed op, dankbaar dat sy veilig arriveer het en dat sy die spoke van die verlede in die verre vreemde kon agterlaat.

In 'n japtrap is sy in haar gehuurde motor en ry sy haastig huis toe. Sy verkyk haar aan die gewoel en gewerskaf rondom haar. Die motor snel gladweg voort en sy kry sommer nuwe respek vir die klein fabrikaat wat so gemaklik bestuur en hom so goed van sy taak kwyt.

Sy hou voor die tuinhekkie stil en oudergewoonte is die honde eerste by om haar welkom te heet. Alhoewel hulle nie die motor herken nie, het hulle wel deeglik besef wie in die motor is. Weldadig verwelkom hulle haar en dit kos al haar vernuf om ongesteur die stoep te haal.

Dina het die honde se baldadigheid gehoor en wonder vlugtig hoekom haar huismense so vroeg terug is. Toe sy op die stoep uitkom, uiter sy 'n opgewekte gil en storm op Tersia af waar sy rustig op een van die stoele stelling ingeneem het.

"Maar my, hoekom kom jy so stil hier aan? Kon jy nie 'n mens laat weet het nie?" raas sy, maar druk 'n snuiwerige neus in Tersia se ribbes vas. Die trane vloei onbeheers en dit neem 'n rukkie om tot bedaring kom.

"Nou kyk, jy het my gevang, nou gaan jy daardie ma en pa van jou ook vang, het jy my gehoor?" praat Dina met 'n glimlag in haar oë. "Loop parkeer daardie gedroggie van jou in die agterplaas en loop skuil in jou kamer of die studeerkamer. Niemand sal jou dadelik daar soek nie. Ek wil so graag hulle gesigte sien as hulle jou ontdek."

Tersia se ouers kom byna gelyktydig by die huis aan en albei se eerste vraag is of Tersia nie dalk laat weet het wanneer sy sal arriveer nie.

Sedig skud Dina net haar kop.

Tersia se moeder is byna ongeduldig toe sy haar mening lug oor hierdie senutergende situasie. "Weet sy dan nie dat ons al angstig is om haar weer tuis te hê nie? En sê nou net daar is een of ander vliegtuigongeluk? Hoe sal ons ooit weet of sy op daardie vlug was?"

"Word 'n mens nie welkom geheet in hierdie huis nie?" vra Tersia doodluiters vanuit die gangdeur.

Moeder en Vader is so oorstelp dat hulle versteen staan en sprakeloos na haar staar.

"Dan gaan ek maar weer," reageer Tersia spottend, en val haar ouers om die nek.

Albei huil en lag deurmekaar en wil sommer 'n klomp vrae gelyktydig beantwoord hê.

"Hokaai, stadig, een vraag op 'n slag," keer sy haastig.

Die volgende uur of wat volg die een vraag op die ander en nog is haar ouers en Dina nie uitgevra nie.

"Maar my," sê Dina skielik, "hier staan ek ewe en klets, intussen is julle kele so droog soos hout. Wag, ek skink 'n drinkdingetjie. Koeldrank is seker nou die aangewese ding of verkies julle tee?" vra sy aan niemand in die besonder nie. Sy wag ook nie vir die antwoord nie, maar draf kombuis toe en skink glase vol vars lemoensap met flentertjies ys daarin.

Op Verbeeck Boerdery sit Kobus droomverlore op die stoep en staar die verte in. Die sterre skitter helder, maar hy merk dit nie eens op nie. Hy sien 'n tafereel van voormanne voor sy oë verbyrol. Nadat Tersia destyds so in die niet verdwyn het, het hy menige voorman hier gehad.

Eerste was Henk, so ongeduldig as kan kom, en kon geen vordering maak met enige van die perde nie. Sy ongeduld het Bismarck gedurig op sy agterpote gehad totdat Kobus hom gevra het om te gaan.

Toe kom Fanie, hy was die sweep-en-skel tipe en het sy perde nog meer ontsenu.

Hendrik was meer besadig, hy het die papierkennis gehad; was in sy finale jaar op universiteit en sou sy prakties hier kom doen. Dié rykmanseun het ongelukkig nie veel omgegee of hy die mas opkom al dan nie. Met sy sportmotor en al het hy meermale op die dorp geboer... Nog 'n mislukking, dink Kobus sinies.

Hierna was dit Willie. Die ja-meneer-nee-meneer tipe en het geen inisiatief aan die dag gelê nie. Hy sou waarskynlik nie eens stalle toe gegaan het as hy hom nie elke dag instruksie gee nie.

En toe kom Ettienne. Baie gewillig, maar sonder entoesiasme en dit het soms gelyk of hy verveeld was met die perde. Die diere het sy houding gou-gou aangevoel en 'n soortgelyke verveeldheid getoon. Na slegs twee maande het hy besluit om te gaan.

Toe het Attie gekom en het baie goed aangepas. Kobus het begin dink dat hy hierdie keer gelukkig was. Alles het glad verloop totdat Fleur hom afgegooi het en hy besluit het dat perde te rof is vir hom.

Hierna het Adoons ingegryp. Hy het 'n jongman van 'n naburige plaas afgerokkel en aan hom kom voorstel. Hy het die jongman aangestel en wonder bo wonder het die boerdery weer glad verloop. Na sowat ses maande het die jongman handdoek ingegooi. Hy was ten minste eerlik genoeg om te verklaar dat sy hart op die buurplaas was en so ook sy liefde vir die jongvrou wat daar in die kombuis werk.

Dit is waarom hy vroeër vandag besluit het om die perde te verminder en self alles te behartig. Hy weet dit gaan 'n uiters moeilike taak wees om te besluit watter diere hy moet laat gaan, maar hy sal moet deurdruk, net soos hy destyds moes deurdruk om Bismarck te verkoop.

Met 'n sug staan hy op en gaan klim in sy bed.

Vroeg die volgende oggend ry hy buiteveld toe om 'n begin te maak met die verminderingsproses. Sodra hy besluit het watter diere moet gaan, sal hy 'n vendusie hier op sy plaas hou. Langer kan hy nie meer sukkel met voormanne wat nie die mas opkom nie. Sy perde ly net daaronder.

Onwillekeurig spring sy gedagtes na Tersia en wonder hy of sy nog in Amerika is. Hy sal haar ouers vanaand skakel, besluit hy. Drie jaar het verstryk sedert hy hulle gaan spreek het en hulle kamstig vir hom haar nommer en adres sou stuur. Hy het destyds besluit om nie 'n oorlas van homself te maak nie. Soos wat die tyd verloop het, het die besef tot hom deurgedring dat hy verniet op hulle oproep wag. Drie jaar is intussen verby, hulle mag dalk nou meer gewillig wees om hom inligting rakende haar te gee.

Tersia se motor se wiele sing op die warm teerpad, in die rigting van Verbeeck Boerderye.

Na sy vanoggend saam met haar ouers ontbyt geëet het, het sy in die pad geval om Kobus te kom spreek oor haar gekke besluit destyds om met een van die perde van die skougronde weg te loop, en dan maar die gevolge te dra.

Sy sal hom vergoed vir die perdetreiler en die bakkie wat beskadig is deur haar onverskilligheid, en dan maar kyk hoe die wind waai in soverre dit haar toekoms aangaan.

Vroegmiddag arriveer sy op die plaas en vind 'n doodse stilte oor die werf hang. Sy beweeg na die stalle en kry Adoons waar hy al morrend 'n stal skoonmaak.

"Toe, groet julle nie meer hier op die plaas nie?" lag Tersia.

Hy ys hy tot in sy tone. Daardie stem, dit kan net aan een persoon behoort. Hy ruk so geweldig vinnig regop dat die hark uit sy hand vlieg en die perd skoon bokspring van skrik. Met een sprong is hy by die hek uit en dan steek hy viervoet vas. Hy is sprakeloos. Voor hom staan Tertius in lewende lywe. Maar dit is ook nie hy nie. Hy gryp haar so hard om die lyf en dans 'n riel wat hulle beide van balans ruk.

"Dagsê, my kleinmeneer, ag, vandag was die Heretjie goed vir my. Met jou weer terug op die plaas, sien ek vir enigiets kans. Dit gaan maar droewig deesdae. Niks wil reg werk nie." Hy dans weer 'n slag in die rondte.

"Wag, Adoons, ek is nie terug op die plaas nie. Ek het net vir meneer Kobus kom sien om reg te maak waar ek verbrou het. Dan gaan ek weer."

"Asseblief tog nie, nee, moenie weer weggaan nie. Ons treur oor jou, almal, die perde, Fleur tot Thunder, en ek praat nie eers van meneer Kobus nie."

"Waar is almal, alles is so stil?"

"Ou Mevrou is vroeg dorp toe en meneer Kobus is buiteveld toe. Ek het juis gedink dit was ou mevrou wat teruggekom het, toe ek die motor hoor."

Hy bly meteens stil, kyk grootoog na haar asof hy haar nou eers werklik raaksien. "Maar hoekom lyk jy nou soos 'n vrou?"

"Ek was nog altyd 'n vrou, Oudste. Ek het maar net bietjie kom verneuk op die plaas. Ek wou kyk of ek regtig 'n perdeboer kan wees," antwoord sy glimlaggend, maar in haar hart knaag 'n benoudheid omdat sy daarvan oortuig is dat Kobus dit nie snaaks gaan vind nie...

Adoons lag van oor tot oor. Nou verstaan hy sommer baie dinge. Baie meer as wat hierdie fietse klein vroutjie kan dink. Hy glimlag ewe meewarig.

Die geluid van 'n motor wat by die laan opkom, onderbreek hul gesprek.

Tant Nellie hou onder die ou groot peperboom stil en mis 'n hartklop toe sy die jong dame by Adoons sien. Iets aan die meisie lyk bekend, en duidelik is Adoons in sy noppies. Dan mis sy nog 'n hartklop.

"Hallo, Tante," groet Tersia en soengroet haar senuweeagtig. Sy gaan waarskynlik ook kwaad wees vir haar omdat sy hulle destyds mislei het.

"Maar kinta, is jy Tertius of sy tweeling suster?" vra sy in verwondering en hou Tersia 'n armlengte weg.

"Ek is Tersia, en nie regtig Tertius nie. Dit was sommer my voorgee-naam hier op die plaas. Ek wou bewys dat ek kan boer en toe lyk dit my het ek my vingers bietjie geskroei." Sy glimlag skaam.

"Wonderlik! Dis wonderlik! Dis nou baie goeie nuus. Ek is so bly jy het tuisgekom."

"Nee, Tante, ek is nie tuis nie, ek wil net kom regmaak wat ek verkeerd gedoen het. Ek hoop net dat Kobus my onbesonnenheid sal kan vergewe."

"Watter onbesonnenheid, kindjie? Om verlief te raak? Noem jy dit onbesonne?" vra sy met sterretjies in haar oë.

"Maar, Tante ..." begin Tersia, maar sny haar sin kort, duidelik was die tante nooit om die bos gelei nie.

"Kom ons gaan maak koffie," nooi die tante.

Terwyl hulle in die kombuis koffie drink en beskuit eet, kom Kobus ewe bedees die werf binnegery, klim stadig van die perd af en oorhandig die leisels aan Adoons.

"O, dis 'n goeie dag vandag, Meneer! Hy, sy is terug hier by ons! " Adoons praat so geesdriftig dat jy net spoeg sien spat.

"Wie is terug? Staan 'n bietjie stil en vertel my mooi." Kobus klink emosieloos. Hy sien die vreemde motor en merk Adoons se ongewone opgewondenheid op, en 'n klein vlammetjie, net 'n kleintjie, ontbrand skielik in sy binneste. Kan dit wees? vra hy homself af, en gedagtig aan die geesdriftige Adoons wat hom agterna kyk, loop hy met trae tree huis toe.

"Loop vinniger, meneer Kobus!" skree Adoons en weer dans hy in die rondte sodat die perd senuweeagtig begin trippel.

"Nou ja, sien, 'n ou man kan ook opgewonde raak. Jy beter ook begin opgewonde raak. Nou gaan hier groot dinge gebeur, hoor wat ek jou sê," praat hy teen die perd se nek.

Net om sy emosies onder beheer te kry, loop Kobus eers by sy kantoor in, maar sy ma trippel binne en praat en lag en huil alles deurmekaar.

"Sy's hier my kind, sy's hier!"

"Wie, Ma? Bedaar nou," antwoord Kobus. Die bloed pols vinniger deur sy are. Hy staan op en stap agter sy moeder aan kombuis toe.

Hy skok in sy spore tot stilstand, want voor hom staan die dame van die skou. Hy sien geen Tertius nie. Nee, hier voor hom staan die vrou wat hy met sy hele wese begeer en liefhet.

Asof dit die natuurlikste ding in die wêreld is, loop hy op haar af en vou haar in sy arms toe en al die liefde van twee harte versmelt in 'n hartstog wat nie vrae vra of antwoorde soek nie.

www.ingramcontent.com/pod-product-compliance
Lightning Source LLC
Chambersburg PA
CBHW061206170626
46809CB00003B/1269